El fantasma de Sir Lawrence

Miquel Arguimbau

Il·lustració de la coberta de Riki Blanco

jollibre

A l'Ajuntament de Maó.
A l'August Viñas, per compartir aquesta il·lusió.
I a la Loli, en Daniel, en Miki, en Xavi, la Jana
i el terratrèmol Dani (el net) .

Sir Llorenç

A banda de ser una illa meravellosa, al llarg de la història Menorca sempre ha estat cobejada pels uns i els altres. Ara, sens dubte, pels turistes, que per sort no pretenen conquerir-la més enllà d'uns dies o setmanes. Fa anys, però, Menorca era considerada un punt estratègic de la Mediterrània. Coses dels exèrcits. Un dels motius era l'incomparable port natural de Maó, on els vaixells trobaven refugi. També des del nord d'Àfrica hi arribava gent amb poques ganes de fer amics i sí d'endur-se'n persones o bestiar (pirates). Els francesos i els anglesos també hi van plantar les seves senyeres, i si calia lluitar per fer fora els que l'havien conquerit, ho feien amb soldats, naus, uniformes, espases, canons, sabres...

Menorca ara era espanyola, ara francesa, ara anglesa, ara espanyola una altra vegada i així al llarg de molts anys.

A la sala de personatges il·lustres de l'ajuntament de Maó, hi podem veure un quadre que ret homenatge a Sir Lawrence Arguimbau, un menorquí que va vestir l'uniforme de l'exèrcit anglès. Quan va néixer, allà a l'any 1783, l'illa estava sota domini espanyol, i quan va fer divuit anys i va decidir fer la carrera de les armes, Menorca era britànica i llavors va entrar al Servei de Sa Majestat Britànica.

Va intervenir en moltes accions de guerra, la qual cosa no envejo gens ni mica. Després de diverses condecoracions –que tampoc envejo– va assolir el grau de tinent general.

En el quadre, Sir Lawrence Arguimbau mostra la màniga buida del braç que va perdre per ferides de guerra, medalles i un sabre...

Com a autor d'aquesta novel·la, confesso que soc un dels moltíssims descendents de tan significat personatge i que d'una manera casual i sorprenent he vist i tocat el sabre que tan orgullosament lluïa el meu avantpassat.

A partir d'aquest punt he decidit fer aquesta novel·la, que no parla de les gestes bèl·liques de Sir Lawrence. Aquesta novel·la transcorre en els

nostres temps, i el senyor del quadre és un fantasma amb un deute pendent amb un oficial francès que li reclama el sabre com a trofeu de guerra.

Des del meu respecte cap a la història i el personatge, el que aquí podeu llegir és inventat.

O no. Pot ser veritat que les ànimes no descansen si tenen deutes pendents?

1

El gerro i el got

En Lluís dormia però no somiava. Eren les primeres hores de son, les que el cos aprofita per recuperar-se i la ment encara no dispara fantasies ni records. El dia havia estat dur. Al matí havia passat gana, atès que es va llevar amb el temps just per anar al bany, vestir-se i sortir corrents per no arribar tard a l'escola. Ja feia unes setmanes que la mare –des que treballava– li havia dit: «t'hauràs de fer l'entrepà quan et llevis». El que ella pretenia amb la mesura era que el seu fill no s'acomodés a tenir-ho tot fet ara que ella sortia de casa abans que ell. Tot i que la Clàudia –com l'estimava, ell, a ella– li va oferir un bocí de pa amb mortadel·la i l'Agustí una mossegada de pa de motlle amb paté, ell, que es cruspia mitja barra de quart, notava com l'estómac l'avisava sorollosament de la necessitat d'omplir-lo amb la dosi habitual. A més, era dimarts, i els dimarts tocava dinar coliflor i un peix bullit que detestava. Quan a les sis de la tarda va arribar a casa, va anar directament a la nevera i va fer desaparèixer unes salsitxes que havien quedat de l'últim sopar. Després havia fet els deures per sortir corrents a veure-la, a escoltar-la. Havien quedat –com ho feien moltes tardes– sense un motiu concret, la qual cosa feia que ell s'engresqués pensant que ella també l'estimava. Però sí, el dia havia estat dur perquè el mestre li havia dit que la cosa no només no millorava, sinó que empitjorava, i també perquè el prestador, de nom Albert, li havia dit que si no li pagava els cinquanta euros prestats l'esperava al carrer amb el seu germà gran. Com en Lluís no tenia diners i la mare els justets per pagar el lloguer, la llum, el menjar i les despeses pròpies d'una llar, quan invitava la Clàudia a prendre un refresc demanava diners a l'Albert i els trenta euros que ja havia demanat quedaven arrodonits amb vint més pels interessos. L'Albert, company d'escola, no era un mal paio, però sí un aprofitat amb vocació de banquer.

En Lluís dormia, sí, i no somiava, quan va tenir la sensació de sentir aigua. Inconscientment es va girar, va acomodar-se el coixí i... Aigua. Com la paret de la cisterna del vàter tocava amb una de la seva habitació va pensar en la possibilitat que després de l'últim pipí el tirador s'hagués quedat travat –passava sovint– i per evitar que la mare s'aixequés –anava molt cansada– ho va fer ell. Mig adormit va comprovar com la sospita era infundada, atès que la cisterna no perdia aigua. Va anar a la cuina per si les canonades emetien alguna mena de so. Res de res, o millor dit, un indici al qual no va donar cap importància. Del filtre de l'aixeta sortia una gota més mandrosa que ell, una gota que semblava resistir-se a caure, com si sabés que precipitar-se fos un malbaratament. Ja a l'habitació i amb els ulls tancats, va tornar a sentir el mateix efecte sonor, però ara que estava més despert –tampoc del tot– li semblava com si un gerro vessés aigua per omplir un got. Imaginant-se que tot era un somni estrany va ficar-se entre els llençols i quan estava a punt de tornar a tancar les parpelles va intuir una presència estranya i va saber que no estava sol.

–Pare? –va preguntar obrint els ulls per intentar veure en la foscor.

–No ho soc, el teu pare! –li va respondre una veu que mai no havia sentit. Una veu tova i profunda que semblava més sorgir d'una cova que no pas d'una gargamella.

Una mena de rialla molt breu i burlesca va seguir després de les darreres paraules.

–Avi?

–Tampoc ho soc, el teu avi. Però ni el pare ni l'avi... ni tu hauríeu nascut de no haver existit jo. Soc un fantasma.

–Un fantasma?

Cal dir que en Lluís és conegut per no alterar-se amb facilitat. És molt reflexiu i agnòstic i només la Clàudia aconsegueix que el cor li bategui sense control. Encuriosit, va incorporar-se una mica.

Els ulls d'en Lluís van veure una mena de camisa groguenca i molt ampla, com si fos molt vella, que semblava reposar a la cadira de l'habitació. Una camisa certament descolorida, inflada com si tingués un tors a l'interior. La peça de roba semblava il·luminada per una lot amb les bateries a punt de fer figa.

–No et fan por, els fantasmes? Pensava que cridaries i et pixaries de por!

–Ets un somni, o millor dit, un malson –va afirmar despreocupat el noi, més interessat en dormir que no pas en una conversa que li semblava irreal.

–Molt bé, veig que haig de tractar amb un incrèdul. Guaita la tauleta de nit. Em pots dir què hi fan el gerro de la cuina i un got?

En Lluís, resignat, va encendre la llum i va adonar-se que, efectivament, damunt de la tauleta hi havia el gerro i el got al costat de l'ampolla de plàstic que sempre hi tenia.

–T'he despertat vessant l'aigua del gerro al got i del got al gerro i així un munt de vegades. Dormies com un tronc. Ja m'hauria agradat a mi dormir així quan em tocava fer-ho al terra, sota els estels, amb un ull tancat i l'altre obert per si ens atacaven, amb la mà prop de les armes...

–D'acord, ets un fantasma i ara, si us plau, deixa'm dormir.

–O ets un boi molt valent o un boi molt inconscient.

En sentir la paraula *boi*, els sentits es van alliberar del relaxament nocturn. Aquella era una paraula que només havia sentit en un lloc.

–Com és que dius «boi»? Això ho diuen a Menorca. Ho sé perquè he passat bastants estius a l'illa.

–Tal vegada vaig viure a l'illa. Fins i tot és possible que hi naixés.

–El pare va néixer a Menorca.

–Prou que ho sé.

–Haig de clapar. Em deixes dormir?

–No podràs.

–Això no t'ho creus ni tu.

En Lluís va acomodar-se amb la intenció d'oblidar el que creia un somni, però en un moment es va incorporar.

–Ets a dins d'aquesta camisa tan... merdosa?

–Ei, boi, recorda que soc un fantasma. M'he posat la camisa perquè em fa cosa anar nu. Ja sé que ningú no em pot veure, però així em sento més protegit.

–I de què t'has de protegir?

–Dels éssers reals i d'un enemic amb ganes de tocar-me el que no sona.

–D'un enemic? Els fantasmes teniu enemics?

–Això sembla. M'han explicat que em trobaré amb un fantasma hostil. Al cap i a la fi, quan era viu, vaig fer coses que no van ser gaire afortunades, per dir-ho d'alguna manera.

–Com quina?

–No corris tant, ja hi haurà temps per a més explicacions.

–Però has dit que també t'has de protegir d'éssers reals. De mi, per exemple?

–No, de tu no, tot i que tampoc ho tinc gaire clar. És la primera vegada que faig de fantasma, fins ara no em deixaven.

–Qui no et deixava?

–Repeteixo: no corris tant, ja hi haurà temps per a més explicacions.

De cop i volta la porta de l'habitació es va obrir, cosa que va provocar-los un ensurt i un crit que van fer a l'unísON, però mentre el crit d'en Lluís va ser sonor, el del fantasma va resultar ofegat, gairebé inaudible.

–Què et passa, fill? No pots dormir? Per què estàs incorporat? Amb qui parles?

–Amb ningú, mare.

–Doncs sembla que tinguis una conversa. On tens el mòbil? Ja saps que no vull que et passis les nits enviant whatsapps –va dir la mare mentre amb la mirada cercava el mòbil–. Què hi fan el gerro i un got, a la tauleta de nit? Saps que no m'agrada que hi tinguis res de vidre i a més l'ampolla d'aigua és plena.

–No, jo... El gerro...

–On tens el mòbil?

–El tinc a la motxilla, en silenci i amb el WhatsApp desconnectat com demanes.

La mare, incrèdula, ho va comprovar.

–Devies somiar, des que estàs enamorat somies moltes vegades en veu alta.

–Enamorat?

En Lluís va notar que els colors li pujaven a les galtes.

–Dorm, fill, ho necessitem els dos, jo estic molt cansada –va dir ella agafant el gerro i el got.

–Mare... Veus aquesta camisa groguenca? –va dir ell assenyalant la cadira.

–No n'hi ha cap de camisa groguenca, fill. Tota la roba bruta és al cistell. I tu no tens cap camisa groguenca.

–Llavors és que somiava.

–Segur, fill. Bona nit.

–Bona nit, mare.

Quan ella va tancar la porta el fantasma va badallar i va parlar amb un to que semblava un murmuri.

–Saps, Lluís? Si continuem parlant la teva mare no podrà dormir i tu tampoc. Jo no sabia que sent fantasma també necessités dormir, però si badallo és que tinc son. Apa, descansa i ja seguirem la conversa.

–Quan em torni a despertar ja hauràs desaparegut.

–Fem una cosa. Toca el gerro i el got...

–Com vols que ho faci si la mare se'ls ha en...dut?

En Lluís no podia creure-s'ho. El gerro i el got tornaven a ser a la tauleta de nit. Amb una mà els va tocar.

–Em comences a creure?

En Lluís no va respondre fins passats uns segons.

–Res d'això no ha passat. Estic somiant i ni he parlat amb un fantasma, ni he despertat la mare ni el gerro ni el got són a la tauleta de nit.

Dit això, va tancar els ulls.

–Molt bé. Quan et despertis, el gerro continuarà al mateix lloc, però el got serà a la cuina. Bona nit –va dir-li el fantasma.

Potser sí, que en Lluís dormia i somiava... O no. Estava despert i tot era producte de la seva imaginació?

I és que en Lluís havia descobert una manera de volar per damunt dels arbres i de les muntanyes i crear un món que només era d'ell.

2

L'home de la casa

L'alarma del despertador ja sonava feia una estona quan en Lluís va allargar la mà per aturar-la. Una altra vegada a correcuita a fer el pipí matiner, a rentar-se la cara i les dents, a vestir-se i a preparar-se l'entrepà. No va ser fins quan corria cap a l'escola que va recordar vagament el que creia que havia estat un somni, però només li va dedicar uns segons, atès que estava massa concentrat en evitar que les portes del col·le es tanquessin amb ell encara al carrer.

El matí va transcórrer sense cap novetat. De tant en tant li venia al cap algun pensament relacionat amb aquell fantasma, però amb el pas de les hores tot es va diluir. A la tarda, en sortir de l'escola, va acompanyar la Clàudia fins a casa seva –vivien a prop.

–Ens veiem després? –li va preguntar ell.

–No puc. Haig d'anar al dentista.

–Però si tens les dents més blanques, ben posades i maques que mai no he vist!

Ella va somriure i ell va tremolar davant d'aquells llavis tan bonics pels quals sentia una sensació que abans dels catorze anys mai no havia experimentat.

–T'has quedat embadalit?

–No, jo... M'agrada com rius.

–Més que agradar-te, sembla que quan ho faig projecti una fórmula màgica i que et converteixi en una estàtua. Fes els deures!

–No em diguis això! –va remugar en Lluís–. Això ja m'ho diuen els mestres i la mare.

–I jo també.

–Jo vull que em diguis que...

–Para el carro que no m'agraden les sensibleries barates. Ens veiem demà –va dir ella mentre entrava al portal sabent-se admirada.

–Quan tornis del dentista envia'm un whatsapp –va gairebé suplicar en Lluís.

Els ulls del noi la van seguir fins que ella va desaparèixer com si anés a tocar els núvols. Bé, això volia creure en Lluís. De fet, la Clàudia pujava cap al sisè pis amb l'ascensor.

Pensant en ella més que en els deures no es va adonar que ja entrava a l'apartament on vivia amb la seva mare. Llavors va recuperar la realitat. I l'esperava una sorpresa.

–Mare?

–Soc a la cuina!

–Hola, mare –li va dir abans de fer-li un petó–. Com estàs? Has tingut un bon dia?

–Sí, tot ha anat bé a la feina, sense esbroncades. I l'escola?

–Com sempre, mare.

–Si ha anat com sempre, malament. Has d'esforçar-te més, ja ho saps.

–Ho sé, mare. Tinc gana.

–I tens deures?

–Com sempre.

–Doncs ja ho saps. A fer deures i si tens dubtes pregunta'm per si et puc ajudar. Jo et preparo el berenar.

–Si estàs cansada m'ho preparo jo.

–Deixa que ho faci, Lluís. Aviat tindràs una edat en què només voldràs volar i et veuré menys temps. Per cert, Lluís, estic una mica enfadada amb tu.

–Per les notes, ja ho sé.

–Per les notes i perquè em sembla que de vegades em prens el pèl –el to de la mare era massa dolç per preocupar en Lluís.

–Mare, soc incapaç...

En Lluís no va acabar la frase. La mare agafava un got amb una mà i el posava davant del seu fill.

–Ja saps que no vull que tinguis gots ni gerros de vidre a l'habitació. I la nit passada, somiaves en veu alta i quan vaig entrar a l'habitació vaig veure un gerro i un got... I me'ls vaig endur. Ignoro el motiu pel qual fas coses com aquestes, però aquesta tarda, quan he anat a comprovar si t'havies fet el llit... Què m'he trobat a la tauleta de nit?

–No ho sé...

–Sí que ho saps i si no ho saps t'hauré de portar al metge a veure si ets somnàmbul! El gerro, he trobat el gerro de vidre! Segur que no em prens el pèl?

En Lluís va moure el cap negant.

Tal vegada reclames més atenció per part meva? –ho va dir amb cert desànim–. Faig el que puc, Lluís... Si vols que parlem més o el que necessitis m'ho dius, però si us plau, no facis tonteries. Per arrodonir-ho, no has fet el llit.

En Lluís havia recuperat la memòria i anava a dir que havia estat un fantasma, però tot d'una va entendre que allò encara empitjoraria la situació. Des de la mort del pare ambdós ho havien passat molt malament i ara, després de dos anys, la mare semblava que començava a ser la d'abans i ell tenia la sensació d'haver iniciat una etapa nova: ser l'home de la casa, com més d'una vegada li havia demanat el pare quan estava malalt.

–Ho sento, mare.

Es van abraçar.

–No passa res, fill, apa, vols una truita francesa amb pa amb tomàquet? Avui soparem una mica tard que hi ha reunió de veïns.

–Entesos, mare. Em dutxo i bereno mentre faig els deures.

Mentre s'eixugava amb la tovallola va rebre un whatsapp de la Clàudia on li preguntava què feia. En lloc de prémer les lletres de l'abecedari per comunicar-se amb ella, va optar –com gairebé sempre– per trucar-li. Com li agradava escoltar la seva veu!

–Què fas? –va ser la salutació d'ella.

–Estic en pilotes! –va respondre, però de seguida es va penedir del propòsit de fer una broma que semblava una manca de respecte–. Vull dir que m'he dutxat i estic amb la tovallola al voltant de la cintura.

–Bé, quan surto de la dutxa jo també estic com dius però amb la tovallola una mica més amunt. Tapant-me el que ja saps.

En Lluís no va saber què dir, atès que ja en tenia prou amb imaginar-la envoltada per la tovallola. Les paraules no li sortien però la imaginació volava: «*tapant-te els bòtils, com diuen col·loquialment a Menorca*».

–Eo, hi ha algú?

–Hola, Clàudia, vull dir... Com t'ha anat amb el dentista? T'ha fet mal?

–Que no has tingut mai cap càries?

–Crec que sí.

–Doncs tampoc n'hi ha per tant. M'ha dit que només tinc una càries però que vagi amb compte amb les llaminadures i la xocolata. Crec que és pitjor que hagi de controlar la xocolata que no pas que em treguin la càries.

–A mi també m'agrada la xocolata.

–No cal que m'ho recordis.

–Què vols dir?

–Quan vaig fer els catorze anys de poc no et cruspeixes tot el pastís –va dir iniciant una riallada.

–Aquell dia portaves una samarreta molt...

–Molt què?

–...Molt maca –va dir evitant «cenyida» que va ser el primer pensament–. Ara faré els deures.

–Doncs mira de concentrar-te i oblidar la samarreta que portava el dia de l'aniversari. Jo m'hi poso ara.

–Què vols dir?

–A fer els deures. Per cert, pensava que no volies parlar de deures amb mi.

–No, el que abans volia dir és que... La mare ja m'ho diu que els faci. No cal que tu també ho facis.

–D'acord, no ho faré. Et deixo.

–Ja?

–Lluís, haig de fer els deures i tu també!

–No vindrà de cinc minuts.

–Si parlem cinc minuts, després me'n demanaràs deu...

–És veritat.

–Fins demà.

–Fins demà, Clàudia.

La comunicació es va interrompre, però com si encara ella el pogués escoltar ell va repetir en veu alta la darrera frase afegint «t'estimo». Van passar uns segons que semblava que el món s'hagués aturat.

La veu de la mare demanant-li que s'afanyés o la truita es refredaria el va allunyar de la imatge de la Clàudia, i el got amb suc de préssec que acompanyava el berenar va fer revifar el presumpte somni de la darrera nit.

–Tornaré pels volts de les onze. Aquestes reunions de veïns sempre s'allarguen més del compte –va dir ella.

–Mentre no et demanin cap derrama...

–Aquesta parauleta l'has tret de la tele... Oblida el mòbil i... *Fes els deures!*

–Sí, mama, no et preocupis.

–M'ha semblat que parlaves amb la Clàudia. No surtis sense estudiar el que calgui.

–No, mare. I si ella i jo acabem els deures i em diu de fer un tomb?

–Lluís, la Clàudia va molt bé a l'escola, i fa els deures en la meitat de temps que tu, i si et truca...

–Li diré que ja els he fet!

La mirada de la mare no necessitava cap explicació però sí un consell.

–Mai no menteixis a ningú i menys a una noia que t'agrada.

En Lluís va fer un sospir com donant a entendre que no ho podia evitar.

Ella li va fer un petó i va marxar.

Quedar-se sol a casa ja no li feia por com abans de canviar el pis, on vivia amb els pares, per un altre allunyat dels que fins llavors havien estat el millors –i pitjors– records. La mare havia pres una decisió que al principi ell no va entendre, però que a poc a poc va assumir. Aquell pis que van deixar estava impregnat dels records d'una vida feliç, i la veu i la presència del pare amb tots els detalls de la seva existència ofegaven la mare i també a ell. «*No podem seguir vivint com si de cop i volta tornéssim a sentir el pany i el clauer i la seva salutació quan tornava a casa. Mai no l'oblidarem, mai, però ara estem tu i jo, fill, i hem de ser forts. He vist un apartament molt assolellat, en un barri bastant tranquil i a un quart d'hora de l'escola. Les coses del pare, com ara la roba, les lliurarem a gent que les necessita perquè penjada a l'armari o als calai-*

xos no hi fa res. Guardarem els objectes personals en una capsa i d'altres al traster que ens correspon a l'edifici de l'apartament. Com et va dir el pare quan va saber que... ja ho saps..., tu series l'home de la casa i, creu-me, ser l'home de la casa moltes vegades obliga a ser fort i a prendre responsabilitats i decisions dures. Necessito el teu suport.»

Mentre recollia el plat i el got per posar-los al rentavaixelles –s'ho havia cruspit tot en un tres i no res–, en Lluís parlava en veu alta.

«La mare tenia molta raó, pare, mai no t'oblidarem, però ves per on, posats a somiar amb fantasmes com aquesta nit, també m'agradaria que el fantasma fossis tu. Tal vegada no he somiat i resulta que, com ha apuntat la mare, soc somnàmbul».

Va agafar la motxilla per treure els llibres i la llibreta dels deures. Abans de fer el primer exercici va mirar el mòbil que romania silenciós damunt la taula. Va haver de superar la temptació de trucar a la Clàudia.

Un sospir llarg i una frase va precedir l'inici de l'activitat: «Remuntaré el curs, és la meva obligació com a home de la casa».

Li va semblar que el seu cervell li deia: «això no t'ho creus ni tu».

3

Sir Llorenç

En acabar els deures va anar a l'habitació a deixar la motxilla ja enllestida per a l'endemà.

–Sento els problemes que has tingut amb el gerro per culpa meva.

A la cadira, la mateixa camisa i aquella veu que li recordava la del pare però amb un to molt més ronc i dur, no pas pel que deia, sinó que la veu era més seca, com rovellada.

–Somio, estic somiant. M'he quedat adormit fent els deures i estic somiant.

–Seu al llit, si us plau.

–No somio, estic despert. D'acord... Però ves amb compte que soc l'home de la casa i si em toques et fotré un calbot!

–Ets un bon boi.

En escoltar una altra vegada la paraula *boi* en Lluís va parpellejar repetides vegades com si volgués distingir entre la realitat i la ficció. Mentalment va repassar el que havia fet a la darrera hora, va veure que estava vestit i que de cap de les maneres estava somiant. Així que va decidir ser pràctic. Fantasma o no, aquell personatge no l'impressionava com per cridar «cames ajudeu-me». Va decidir prendre la iniciativa.

–Vas viure a Menorca?

–Hi vaig néixer, efectivament. Viure, el que en podem dir «viure», no tant.

–No t'entenc.

–Menorca, no sé si ho estudieu, això, anava de mans en mans. Musulmans, cristians, britànics, francesos, britànics altra vegada... Jo vaig néixer a Maó l'any 1783. Llavors Menorca era espanyola, però només sis anys abans de ser parit estava sota domini francès i quan vaig fer sis anys tornava a estar sota el domini britànic, i dic tornava perquè ja ho havia estat des del 1708 al 1756, per la qual cosa puc dir que la meva adolescència i joventut primerenca em va tocar viure a la Menorca britànica. Tothom volia dominar Menorca, perquè governar-la significava un avantatge per al control de la Mediterrània. Per no parlar dels pirates que, una vegada sí i una altra també, arribaven als ports de Ciutadella, Maó o Fornells i en feien de les seves.

–Pirates?

–Mala gent, creu-me. Els menorquins vivien amb l'angoixa que tot el seu esforç per sobreviure cultivant el camp i el bestiar acabés en mans de quatre pocavergonyes bruts i violents que desembarcaven per endur-se'n el que a ells els costava l'esforç del treball diari. Aquells animalots, a més, mataven homes i no et vull dir el que feien a les dones. Per sort, quan l'illa estava sota el nostre poder va experimentar una època vital, ja que va evolucionar en unes dècades d'una manera que mai no ho havia fet. Vam obrir camins, vam modernitzar l'agricultura i ramaderia, vam...

–Ei, em sembla que el que ara corre massa ets tu! T'has disparat com fa un polític en plena campanya electoral.

–Tens raó... Però que consti que els britànics vam portar el progrés a l'illa! Ah, Menorca... Quina joia. Com t'he dit, viure el que se'n diu «viure», no ho vaig fer tant de temps com m'hauria agradat. Amb divuit anys em vaig decantar per la carrera de les armes i com a súbdit britànic vaig entrar al Servei de Sa Majestat Britànica. Jo era militar.

–Com el senyor del quadre que hi ha a la sala de juntes de l'ajuntament de Maó, el que no té braç!

En Lluís va intuir que un somriure, que no manifestava alegria i sí més aviat nostàlgia o certa tristor no exempta d'orgull, es dibuixava en un rostre que no veia però creia endevinar.

–Has dit sala de juntes i això és rebaixar-me a un modest quadre penjat en un lloc notable, però poc important. L'home del quadre soc jo i et corregeixo: el retrat es troba a la Galeria de Menorquins Il·lustres.

–Si fa o no fa...

–No et permeto aquesta mena d'insolència juvenil! O penses que una foto teva a les latrines et dona la mateixa importància si llueix al saló?

–Ja veig que t'he ferit l'orgull... I parlant de ferir... El braç esquerre que et falta...

–Tots us fixeu, mirant el quadre, que em falta un braç!

–Home, és que sembla que en facis gala!

En Lluís va posar el braç amb la mateixa forma que la de la màniga buida del quadre.

–Si em fas burla te'n penediràs! Tot i que tens raó, és cert que en faig gala –una rialla burlesca va sorgir de la presumpta gargamella d'aquell ésser–. El pintor i jo ho vam discutir molt quan vaig posar per a ell. Jo volia que les ferides de guerra fossin evidents i ell creia, amb raó pel que veig, que la màniga buida restaria atenció cap a l'expressió del rostre, cap a la manera de lluir l'uniforme. Ell va insistir a dissimular el fet que només tingués un braç, però jo manava i li vaig dir: «no hi ha medalla ni títol més important que la ferida de guerra», i sota l'amenaça de buscar un altre pintor que fes el retrat va acceptar.

–Ferides de guerra? Vas perdre el braç lluitant?

–Ja hem acordat que no et puc dir tot el que t'haig de dir en uns minuts.

–Entesos. Pam a pam que si no soc somnàmbul tal vegada m'estic tornant boig. Ets el militar de la casaca vermella amb gest entre seriós i orgullós del quadre? Ets el fantasma d'aquell personatge?

–Ho soc.

–I jo ara vaig i m'ho crec!

–Ho puc demostrar.

–Saps? Crec que la mare, pel motiu que sigui, m'ha posat qui sap què a la truita i al suc de préssec i estic delirant!

–Escolta'm. Ni ets somnàmbul, ni pateixes deliri! Para atenció: des que amb els pares vas visitar per primera vegada l'ajuntament de Maó, quan només tenies set anys, cada estiu que has anat a l'illa has volgut tornar-hi i sempre, sempre, t'has quedat una bona estona mirant-me. M'equivoco?

En Lluís va arronsar les celles.

–El pare em deia que ets un avantpassat nostre.

–Ho soc.

–Ets Sir Lawrence Arguimbau?

–El mateix.

–Lawrence?

–Ja t'he dit que aleshores Menorca era territori anglès.

–Però vas néixer-hi quan era espanyola!

–No t'empatollis!

En Lluís va pensar un moment.

–Et puc dir Llorenç?

–Em pots dir Sir Lawrence!

–A Menorca es parla el català.

–Boiiiiiii... –un ronc semblant al d'un gos en guàrdia es va prolongar uns segons.

–Ho deixem en Sir Llorenç?

El personatge va remugar i finalment va sospirar.

–Ben dit, tens tota la raó. Saps el motiu pel qual segles després el català es conserva a l'illa?

–Crec que estàs a punt de dir-m'ho.

–Vam ser els britànics els que al llarg del nostre domini vam declarar el català idioma oficial!!!

–Llavors et puc dir Llorenç!

–Em pots dir Sir Llorenç... Vull dir, Sir Lawrence Arguimbau!

–I això de Sir?

–Un honor concedit a personatges il·lustres, a herois, a gent important com jo.

–I què vas fer per merèixer la distinció?

–Tornem a anar massa de pressa. Era militar i...

–Vas matar gent?

Es va fer un silenci llarg, molt llarg que finalment en Lluís va trencar.

–L'espasa del quadre...?

–A banda de la màniga buida de la casaca vermella, el que més t'ha agradat mirar és el sabre.

–Jo sempre n'he dit espasa, però el pare em corregia i em deia que era un sabre el que es veu al quadre.

–Tenia raó.

–I vas participar en guerres... amb el sabre?

–En tenia dos. L'un, per lluitar, l'altre, per quan anàvem vestits de gala. El del quadre és el que portava quan damunt del cavall atacava l'enemic. El cavall i l'home –va fer un sospir d'admiració–. Després de cada batalla, per molt esgotat o ferit que estigués, la primera ordre que cridava era «cuideu el cavall, renteu-lo i que mengi i descansi». Quin animal més noble i valent. He vist homes fidels fugir temorosos davant l'enemic. Mai no he vist fugir covardament un cavall! Vaig rebre més d'una ferida per evitar que l'acer enemic ferís el cavall, de la mateixa manera que a la lluita, el meu sabre mai no buscava ferir els cavalls muntats pels oficials que m'atacaven o es defensaven del meu braç armat!

–Jo he anat a les festes de Sant Joan de Ciutadella i he vist com...

–Els jocs eqüestres ja eren importants abans de la nostra conquesta! Òbviament, els vam millorar, sens dubte; com t'he dit, hi havia la Menorca dura i antiquada que van conquerir els britànics, i la molt més moderna i desenvolupada en tots els sentits que vam deixar als espanyols.

–Em sembla que exageres! Pel que dius fa l'efecte que quan vau posar els peus a l'illa els menorquins encara vivien a la Naveta des Tudons i feien sacrificis als talaiots! –va comentar amb ironia en Lluís.

–Te'n fots, boi?

–No, però segur que quan van arribar els britànics els menorquins no vivien en coves ni vestien pells d'animals.

–Si ho haguessis vist! Bé, deixem-ho córrer. No entrem en detalls d'aquesta mena. Però si no hagués estat per nosaltres...

–Ja hi som!

–Tens raó. Escolta, Lluís... Hi havia un oficial francès anomenat Parmentier... Creu-me, no mereixia lluir les medalles! L'honor és l'honor i ell em va atacar per les espatlles i mai, però mai, és digne d'un militar d'alt rang atacar-ne un altre a traïció!

–I et va matar?

–No, boi, no! Era una batalla desigual en nombre. Jo mirava de desfer-me de tres soldats enemics...

–Anaven amb cavall els soldats enemics?

–No, a peu!

–Tenies avantatge, vaja!

–I un be negre amb potes roses! Saps el que és sortir-se'n de tres homes ben armats d'un exèrcit ben preparat?

–Desitjo no saber-ho mai.

L'interlocutor d'en Lluís, si és que existia, s'esforçava a fer-li entendre que va contribuir al progrés i que les seves accions eren heroiques, però el noi tot s'ho agafava com restant-li importància.

–Sí, t'entenc. Però a mi em va tocar viure el temps que em va tocar, i vaig preferir l'exèrcit a munyir vaques o a fer espardenyes, tasques, dit de passada, del tot imprescindibles! Però deixa'm que t'ho expliqui! El cas és que descarregava el sabre contra els soldats francesos, tres, com t'he dit, cop i defensa, cop i defensa, atac, cop... I de cop i volta en Parmentier fa un crit que m'alerta del seu atac traïdor. Només vaig tenir temps de mig girar-me i intentar protegir-me del tall del seu sabre amb el contrafil del meu! Les armes van xocar amb estrèpit, encara em sembla sentir-ne el soroll, però un dels soldats d'infanteria em va ferir a la cama just en el precís moment que el tal Parmentier descarregava l'acer per segona vegada, i així i tot vaig aconseguir dominar el cavall obligant-lo a fer un gir per fugir d'una ferida que hauria estat mortal, i que va provocar un tall profund on ja saps... Al braç esquerre.

Ara sí que en Lluís havia escoltat bocabadat aquell relat. La camisa s'havia mogut reproduint els gestos de la lluita. El fantasma havia fet una pausa, com si esperés un comentari afalagador. Esperava un elogi o una mostra d'admiració. Però el noi el va sorprendre.

–Com podies saber el nom de l'oficial que t'atacava? Que us presentàveu abans de la batalla?

–No et fot el boi! Creia que em diries que vaig estar un genet fantàstic i valent, un heroi –va dir la darrera paraula amb orgull militar– i em surts amb aquesta reflexió. No m'ho esperava, no.

–És que no m'imagino com...

–De la mateixa manera que els francesos coneixien els noms dels oficials anglesos, nosaltres també sabíem a qui ens enfrontàvem. Els exèrcits tenen informació.

–Però segur que ambdós ignoràveu els noms dels soldats, fins i tot, dels vostres exèrcits...

–Què vols dir amb això?

–Que sempre hi ha classes.

–És impossible saber el nom de tres mil soldats!

–Però ha de ser bonic que un soldat sigui reclamat pel superior dient-li «com va tot, Ignasi?»

–No diguis bajanades! Ja començo a entendre el motiu pel qual l'estirp militar dels Arguimbau no ha arribat al segle XXI –va remugar el fantasma–, però les coses han estat com han estat i són com són. El cas és que en Parmentier reclama el seu trofeu de guerra.

–Que encara viu?

–No siguis tanoca! És mort i ben mort, com jo! Però mira, des que ens vam trobar allà on som, millor dit, allà d'on venim, tot i que al principi ens vam saludar, no parem de discutir.

–Allà on sou?

–És un lloc confortable però no és on hem d'acabar.

–No t'entenc.

–Quan estiguem preparats ens obriran les portes del que en vida en diem cel, o vida eterna... Però ens han deixat ben clar que les portes no s'obriran per a nosaltres fins que les disputes acabin. Sembla que allà on he d'anar no volen conflictes ni cares llargues.

–Millor que no m'atabalis més amb això que dius perquè començo a creure que estic perdent l'enteniment.

–Com t'he dit, ell reclama el seu trofeu de guerra. Vol que els seus hereus tinguin els meus sabres, si més no, el que llueixo al quadre, i és per aquest motiu que he vingut a veure't.

El fantasma estava segur que en Lluís obriria els ulls entusiasmat i encuriosit per la seva declaració, però no va ser així.

De fet, la darrera frase dita pel fantasma havia passat desapercebuda, com si les paraules s'haguessin esvaït entre l'emissor i el destinatari, ja que en aquell just moment en Lluís va creure veure un raig brillant d'esperança.

–Què et passa, boi?

–L'has vist...?

–...?

–D'allà d'on vens! Has vist el pare?

–Oh, jo... Escolta, Lluís, les portes del cel es van obrir de bat a bat quan ell va tancar els ulls. No va ser necessari passar pel lloc on hem anat a parar en Parmentier i jo.

Tot just unes llàgrimes anaven a brotar dels ulls d'en Lluís, quan va sentir la mare que obria la porta. Ell va córrer cap al lavabo a rentar-se la cara mentre ella anunciava la seva presència.

–Fill, ja soc a casa!

Un llarg sospir va aconseguir regular les pulsacions del cor mentre es preguntava amb admiració com la veu de la mare el podia reconfortar i ser més fort del que mai no hauria pogut imaginar.

La mare deia coses de la reunió de veïns, de l'ascensor que romandria una setmana aturat, dels del quart segona que havien discutit amb els del quart primera per la música «insuportable» que posaven a partir de les deu de la nit, i d'altres temes. De cop i volta la mare va deixar de parlar i quan en Lluís va alçar la mirada la va veure reflectida al mirall del bany.

–Has plorat? –li va preguntar ella.

–No, mare, de veritat que no –va remarcar ell davant l'expressió incrèdula d'ella.

En Lluís la va abraçar i va ser correspost.

–Mare...

–Digues, fill.

–Em sembla que de vegades parlo sol.

Ella va oblidar el cansament, les discussions –moltes absurdes– de la reunió de veïns i va lluir una mirada entenedora i el perfil d'un somriure amorós.

–Jo també ho faig sovint, fill.

–I de què parles?

–Tinc tota mena de diàlegs i converses, creu-me. Saps? De vegades és bo parlar sol perquè almenys saps que algú t'escolta –un gest de complicitat amb el fill va acompanyar el comentari–. Ajuda'm a preparar el sopar.

En Lluís va fer un somriure d'agraïment.

–Paro taula, mare.

–Fes-ho mentre em poso d'anar per casa.

Ja a l'habitació, i quan en Lluís anava a posar en silenci el mòbil, va sonar l'avís de WhatsApp.

Hola, Lluís. Dorms?

Encara no.

Tot bé?

Ara que m'escrius millor! Et truco!

No em truquis que tinc molta son! Estic a punt de tancar el llum.

Fins demà. Bona nit.

Bona nit.

–Bona nit, amor, no sé si estic tocat del bolet i sento la veu d'un avantpassat o tot és producte de la imaginació. És com si llegís un llibre. Quan tingui l'ocasió m'agradaria tant explicar-t'ho... Parlo sol, ara t'estic parlant tot i que estic sol. Una mica torrat sí que estic.

Va obrir el calaix de la tauleta de nit on guardava el llibre que estava llegint.

4

Un somni avisador

En Lluís dormia i somiava. Estava acompanyat de la Clàudia i això era com tocar el cel. Res no li agradava més que sentir-la tan a prop, veure com el vent jugava amb els seus llargs cabells mentre passejaven per un parc silenciós, on els arbres deixaven que una parella d'ocells anessin d'una branca a l'altra com si l'un en perseguís l'altre.

–Penses que flirtegen? –va preguntar ella.

–Ho sembla.

–Però la femella sembla que fugi cada vegada que ell s'apropa.

–Com ho saps, que és femella?

–No ho sé, m'agrada imaginar-ho perquè és divertit. Ell la busca i ella el fa patir. Em sembla que fa molt bé.

–Per què?

–Perquè si ell es cansa i deixa de perseguir-la és que no l'estima i que només busca lligar.

–A tu t'agradaria que un noi et perseguís com fa l'ocell?

–N'hi ha més d'un que ho intenta, creu-me –va dir amb una rialla.

–I no et molesta?

–Et molesta si més d'una noia de l'escola sembla que es desmaï quan la mires? Lluís, que tinc ulls!

En Lluís va creure que les seves galtes es convertien en un to tan vermellós com una meravellosa posta de sol o com l'erupció d'un volcà.

–Però a mi no m'agraden les noies...

Va voler rectificar el que acabava de dir, però la Clàudia va aprofitar per fer broma adoptant un to molt murri.

–Això no ho sabia. Llavors, t'agraden els nois?

–Ja saps el que vull dir!

–Tampoc deixaries de ser el meu amic...

–Clàudia, no he dit que no m'agradin les noies...

–Ho has dit.

–Fas burleta!

–Renoi, t'has posat seriós. Prou que ho sé que t'agraden les noies... Especialment, una.

El nus que en Lluís va notar a la gola era més gran que dues croquetes aferrades al coll i com si hagués esperat el moment per entrar en acció, el fantasma va afegir-se al somni.

–*És molt maca!* –li va dir la veu del fantasma.

–Ja ho sé!

–Ah, ho confirmes, que t'agrada una noia? Va preguntar la Clàudia del somni.

–No... Jo...

–Has dit «ja ho sé» –va insistir ella.

–*Ja li has fet un petó...?*

–No et fiquis on ningú no et demana –va exigir en Lluís molest per l'aparició del fantasma quan somiava amb la Clàudia.

–I ara per què m'ho dius, això? –va protestar ella.

–Perdona, Clàudia, no t'ho deia a tu.

–*Ho està esperant, fes-li un petó. Fa uns moments t'ha dit que hi ha més d'un noi que la persegueix. En moments així, has d'atacar! Mai no esperis que l'enemic et prengui la davantera. Qui colpeja primer colpeja dos cops! Recordo la batalla de Waterloo...*

–Deixa'm en pau! Com vols que li faci un petó? –en Lluís es desesperava cada cop que l'intrús intervenia.

–Que et deixi en pau? Parles sol? Un petó? –ella no entenia aquell comportament del seu amic.

–No, no parlo sol... De fet, si t'ho dic no em creuràs.

–Prova-ho.

–Parlo amb un fantasma.

Ella el va mirar, el va examinar de cap a peus amb una mirada llarga que va ser seguida d'un sospir encara més llarg.

–Ja ho veig.

–Perdó?

–Tens molta imaginació, és una de les coses que més m'agraden de tu.

–T'agraden coses meves?

–Ara, tanoca, agafa-la per la cintura i fes-li un petó!!! Recordo la primera al·lota i la primera besada. Ella cada matí es llevava per ajudar a munyir les vaques i jo, amb l'excusa d'anar a demanar-li un bòtil de llet...

–Vols callar? –va exigir el noi.

–No t'agrada el que et dic? De veritat vols que calli? De veritat no t'agrada que t'afalagui dient que m'agrades? Penses que no entenc que t'has creat un fantasma per dir-me a través seu que jo t'agrado i que et mors de ganes de fer-me un petó als llavis?

–Ho veus? Ella vol que li facis un petó! No t'ho pensis més!!!

–Et passes molt!

–De veritat em passo? Doncs, saps què? Potser sí, que t'agraden els nois! Marxo cap a casa. Fins demà a l'escola... Ah, i porta l'amic fantasma, a veure si t'ajuda a estudiar, que com segueixis igual repetiràs curs!

Un soroll estrany que no lligava gens ni mica amb el parc, ni amb els arbres, ni amb els ocells, va interrompre el que podia haver estat un moment deliciós i que s'havia convertit en un desastre per culpa de l'aparició verbal del fantasma. Un soroll, però, conegut que es repetia un matí sí i altre també, excepte el dissabte i el diumenge.

–Maleït despertador –va dir en Lluís mentre aturava l'alarma–. Immediatament la seva mirada va clavar-se a la cadira. Encara confús per un somni que s'esvaïa per segons va comprovar que no hi havia cap rastre de la camisa groguenca. Va voler reprendre el somni en el moment més dolç, quan la Clàudia li deia: «és una de les coses que més m'agraden de tu». Però ja era tard i precisament, no volia arribar tard.

–Almenys m'he despertat quan pertoca i no hauré de córrer tant per arribar puntualment a l'escola. Ara resulta que somio amb la Clàudia i el fantasma es fica pel mig!

Mentre es rentava les dents va recobrar un dels moments del somni i es va mirar al mirall.

–Lluís –es va dir–, des d'avui obre bé els ulls a veure qui va darrere la Clàudia!

5

L'hora del pati

«*N'hi ha més d'un que ho intenta*», el record de la frase mai no pronunciada a la vida real per la Clàudia, però sí en el somni d'en Lluís, estava com enganxat amb pega al seu cervell. Ja a les primeres classes, perdia l'atenció cap als mestres per escorcollar els companys. Després, mentre mossegava l'entrepà al pati, no perdia detall de les mirades dels col·legues adreçades a la seva estimada, que per cert, la tenia al costat, com sempre. Per arrodonir-ho, aquell matí l'Albert, el «prestador», tenia ganes de buscar-li les puces.

–Avui estàs més bona que ahir, Clàudia, però menys que demà. Cada dia que passa tens el cos més ben format. Tu i jo encara farem alguna cosa...

En Lluís anava a dir-hi la seva però la Clàudia es va anticipar.

–Ja ho sé, tarambana! Em veig al mirall. I res del que veig és per a tu, i creu-me, si vols una llaminadura ves-te'n a la pastisseria.

–Tu i aquest mitja nena –va dir movent el cap cap a en Lluís– només sou amics, oi? Vols que dissabte anem al cinema?

–Deixa'ns en pau –en Lluís va decidir intervenir.

–He vist com em mires, Clàudia –ignorant en Lluís, el prestador va continuar provocant-lo parlant amb ella.

–Quina mosca t'ha picat, Albert? És clar que et miro. Ets patètic!

–Clàudia, ni l'escoltis. Au va, Albert, estàs pixant fora de test.

–Ho sap, ella, que em deus cinquanta euros? No ho sabies, Clàudia? Aquest paio em demana diners per convidar-te, però és molt mal pagador, perquè jo cada dia espero que em pagui i no ho fa. És a dir, li faràs un favor si acceptes sortir amb mi, així no haurà de demanar-me més diners i el deute no s'inflarà. Ell en sortirà guanyant i creu-me, tu també. Anima't, si quedem soc capaç d'oblidar el deute del teu amic.

Com si rebés una empenta, en Lluís va envestir com un bou l'Albert, que va sortir disparat enrere un parell de metres per després caure com un sac de patates.

La sorpresa de l'agredit i de la Clàudia va ser enorme; la d'en Lluís, monumental. Mai no havia participat en una baralla.

De cop i volta un munt de companys els van envoltar incrèduls per la situació.

–No vull cap mena de violència, si us plau! –va suplicar ella–. I tu –va assenyalar l'Albert– tingues-ho ben clar. No m'agrada que et demani diners perquè no cal que em convidi. Fica-t'ho al cap! Si vull ser a prop d'en Lluís hi seré encara que no tingui ni un euro! I tu –ara es va dirigir cap a en Lluís– si et creus més home per agredir un company estàs molt equivocat. No hi crec, en la violència, encara més, penso que només la utilitzen els que no saben defensar-se amb paraules! I si és cert que li deus cinquanta euros no tornaré a sortir amb tu fins que ell em digui que ja ha cobrat!

–De moment ha cobrat d'una altra manera –es va deixar sentir des del cercle dels alumnes que miraven l'enrenou.

La Clàudia va marxar enfurismada cap a l'aula. En Lluís, que mai no havia colpejat ningú, encara es feia creus de la seva reacció i sospitava que una força desconeguda el va empentar. Amb el tòrax adolorit, l'Albert va allargar la mà cap a l'agressor en un signe clarament pacificador.

–Com ho has fet, això? Ni que juguessis a rugbi. Renoi!

En Lluís va ajudar-lo a posar-se dempeus sense dir res i intentant dissimular el tremolor de cames.

–Bé, crec que no et cobraré els interessos del deute –va afirmar l'Albert–. Quan puguis, trenta euros i quan cobri la primera cosa que faré serà dir-l'hi a la Clàudia. D'acord? –va dir oferint fer una encaixada que en Lluís va acceptar encara en silenci–. Ah, però una cosa no treu l'altra. La Clàudia és molt maca i no et puc prometre que no intenti lligar-me-la. T'ho dic com a amic, ara som amics... Oi?

6

Silenci

En sortir de l'escola la Clàudia va rebutjar la companyia d'en Lluís amb poques paraules: «Vull anar-me'n sola.»

La tarda es va fer molt llarga i concentrar-se en els deures, gairebé un suplici. El mòbil més mut i estàtic que mai. Cap senyal que anunciés un whatsapp o una trucada.

–Què et passa, Lluís? –va preguntar la mare mentre sopaven.

–Tinc un deute, mare.

–Com és això?

–Demano diners a un company per sortir amb una noia.

–La noia té nom.

–Ja saps qui és, la Clàudia.

–I per què no em demanes diners a mi?

–Sé que anem molt justets.

–Demanar préstecs és mala solució. Ho empitjora tot.

–Ho sé.

–Quina quantitat deus?

–Cinquanta... No, trenta euros.

–En què quedem?

–Trenta. De fet l'Albert, el que em deixa els diners, cobra comissió i en volia cinquanta, però aquest matí ho he arreglat –va evitar explicar com ho va fer–. També et podria dir cinquanta, pagar-li els trenta i ficar-me vint *eurillos* a la butxaca, però no et puc enganyar.

–D'acord, tindràs els trenta euros i, si puc, quaranta, però hauràs de guanyar-te'ls.

–Intento estudiar, mare, de veritat, però entre una cosa i l'altra sempre tinc papallones al cap.

La mare se'l va mirar una estona. El fill li donava forces i al mateix temps, sabia com la necessitava. Havia de ser la columna de formigó per evitar que ambdós caiguessin arrossegats per la tristor. Només es permetia deslliurar la tristor quan en Lluís dormia i ella, al llit que abans era estret i ara massa ample, intentava caure ben adormida amb un llibre entre les mans per no sentir l'enyorança fins i tot dels roncs.

–La Clàudia és molt maca i bona noia –va dir la mare.

En sentir aquella frase en Lluís va somriure.

–I ara què et passa?

–El que has dit... Avui ja m'ho han dit dues vegades.

–Ho veus com tinc raó?

–Estudiaré, mare, de veritat.

–No es pas amb els estudis que et guanyaràs els trenta o quaranta euros. Soc conscient que de vegades costa, per les circumstàncies i també perquè a la teva edat és fàcil distreure's.

–Llavors...?

–Quan acabi el curs escolar i com jo seguiré treballant, suposo, m'ajudaràs a fer la compra, estendre roba, passar l'aspiradora... I una assignatura pendent: fer-te el llit ca-da-dia.

–Tot això ja ho pensava fer.

–Doncs mira, millor! Ja només et falta un pas més i fer-ho.

–Tindràs vacances?

–Uns deu dies.

–Com m'agradaria tornar a Menorca!

Amb la mirada perduda, la mare va remenar el plat amb la forquilla.

–No et preocupis, mare, quan treballi tindrem més diners...

Ella va mirar-lo.

–No és això, fill, que també. Menorca és un lloc ple de bons records i de la mateixa manera, que vam marxar del pis –un nus a la gola li va impedir continuar.

–Ho sento, mare, no volia fer-te passar un mal tràngol.

–Però tens raó –va dir ella després de beure una mica d'aigua–, tampoc podem renunciar a les coses que vam descobrir plegats. Et prometo que quan puguem hi tornarem i ho farem amb molta il·lusió. Acaba't la carn.

–Sí, mare...

Després de recollir la taula van seure al sofà.

–Què llegeixes, mare?

–«La guerra no té rostre de dona» –va dir ensenyant-li la coberta.

–De què va?

–De testimonis de dones que van patir guerres. A l'autora li van atorgar el Premi Nobel de Literatura.

–Ah... Mare...

–Vols que posi la televisió?

–...No, no. Estic pensant... Vols dir que no seria millor que llegissis coses divertides?

Ella es va quedar pensativa amb un gest afable.

–Saps, Lluís? Costa molt entendre el motiu pel qual hi ha tant patiment en el món, però si renunciem a ser-ne conscients traïm les persones maltractades per la vida. Llegir segons què és com un compromís, una mena de solidaritat.

–Hauré de pair aquestes paraules!

–Sí –va dir ella amb un somriure–, ho hauràs de fer. Et prometo que la pròxima lectura serà d'un tema menys seriós, que també és important distreure's.

Va haver-hi un minut de silenci.

–Escolta'm, Lluís.

–Què, mare?

–Quan jo era una noia adolescent em delia pels nois alts i d'aparença atlètica...

En Lluís, sorprès per la confessió, va romandre en silenci.

–Poc temps després, m'interessava pels nois de famílies adinerades. Especialment mirava d'agradar a... com es deia? No ho recordo, ah, sí, Santi... Els pares estaven folrats i jo pensava que si sortia amb ell no em faltaria res de res. Una moto? Moto per a la nena! Un cotxe? Cotxe per a la nena! Hotels, viatges, luxe... Saps com van desaparèixer aquests pensaments?

En Lluís va negar amb el cap.

–Quan em vaig enamorar. Tot d'una no m'importava si aquell noi era pobre o ric, atlètic o raquític, prim o gros. Només m'importava ser a prop d'ell, somriure amb ell, escoltar-lo i ser escoltada, compartir un refresc o una beguda de cacau... Entens el que t'estic dient?

En Lluís va tornar a negar amb el cap.

–M'imagino que tens por que un noi ric impressioni la Clàudia amb els diners de la família. No perdis ni un segon preocupant-te per això. Ella s'enamorarà, segur, i pots ser tu qui la faci palpitar o pot ser un altre, però creu-me, ella no t'estimarà o et deixarà d'estimar pel fet que tinguis o no una família amb diners... I si fos així, llavors celebra que no t'hagi fet cas. Tampoc m'agradaria que anessis darrere d'una noia pel fet econòmic i no pas sentimental.

–I si m'enamoro d'una noia rica?

Ella se'l va mirar amb aquesta mirada tan especial d'una mare.

–Ara per ara, estic segura que estàs enamorat d'una noia amb les mateixes limitacions econòmiques de la gran majoria.

La mare va prémer la mà del seu fill per tornar a dedicar l'atenció al llibre.

Després d'alguns badalls en Lluís va decidir anar-se'n a l'habitació.

–Fins a l'estiu no em donaràs els euros? –va dir amb un fil de veu.

–Els tens damunt la tauleta de nit, te'ls he deixat quan he anat al lavabo.

–Ets la millor, mare! –va exclamar fent-li un petó.

–Pilota! –va respondre ella–. I que sigui l'última vegada que demanes diners per pagar deutes!

El silenci del mòbil no el deixava agafar el son. Ara una volta, ara una altra. Tres quarts d'onze. No va resistir més i va prémer les lletres del mòbil.

Estàs enfadada?

Un minut, dos minuts, tres minuts, quatre minuts i ho va tornar a intentar.

Soc com l'ocell que persegueix la femella i ella salta de branca en branca per fer-lo patir, perquè si ell desisteix sap que només busca un rotllet.

Premi!

Què t'empatolles? M'has fet riure. Estic molt enfadada perquè creia que no m'enviaries un whatsapp.

Et truco.

Prohibit. Recorda que estic enfadada. Bona nit.

Bona nit, Clàudia.

En Lluís es va quedar amb les mans entre el cap i el coixí mirant el sostre pensant d'on podia haver tret allò dels ocells.

–El pare tenia raó, que difícil és encertar el que elles esperen que fem quan estan enfadades.

Tocat del bolet

Les set del matí i ben despert. No sabia si havia somiat o si havia tingut la visita del fantasma, però es va despertar amb una idea fixa: els sabres. Una imatge de quan només tenia quatre o cinc anys, al menjador del pis. Dos sabres penjats en una de les parets. Va ser una imatge real arxivada al llarg d'anys al cervell o irreal, conseqüència dels fets que darrerament succeïen? Primer instint: anar a l'habitació de la mare i preguntar-li si al pis antic hi havia dos sabres en una paret. Impossible, la mare ja seria al metro camí de la feina. Segon instint: agafar les claus del traster i buscar entre les coses que la mare no va voler llençar o donar.

Era aquell el motiu pel qual el fantasma el necessitava?

Tinc temps –pensava–, baixo i miro al traster. És clar que si em veu algun veí es preguntarà què hi faig, allà, a les set del matí. Millor preguntar a la mare si teníem uns sabres. Definitivament crec que estic tocat del bolet. Segur que tot és pura fantasia. Com puc pensar que els sabres que reclama l'enemic de Sir Llorenç hagin estat en poder del pare? Probablement estiguin en un museu o qui sap si es van perdre en una guerra o si algú els va robar. Crec que no toco de peus a terra i serà millor que em llevi, em dutxi i esperi la Clàudia a la porta de casa seva. Quina sorpresa tindria! I si encara s'enfada més? Fins que l'Albert no li digui que li he pagat potser no em parla. Però li puc ensenyar els bitllets que m'ha donat la mare! Bona idea! I si li compro uns croissants de xocolata acabats de fer? La mare m'ha donat deu euros de més. Ben mirat, si el fantasma existeix i en Parmentier també, el motiu són els sabres. Ja torno a delirar! A veure, concentra't, Lluís, penses en els sabres o en comprar uns croissants per a la Clàudia? Penso en la Clàudia i en els sabres. I si li ho explico a ella? Em dirà que estic tocat del bolet. Entesos, imaginem-nos que tinc els sabres i ho saben en Llorenç i en Parmentier. Què passarà? Es produirà un terrabastall? Lluitaran entre ells com ja ho van fer en vida i qui guanyi es quedarà els trofeus? Ho veus, Lluís, com estàs tocat del bolet? Com vols que lluitin dos fantasmes? No puc seguir així, hauré de dir a la mare que em porti al psiquiatre. Però el gerro i el got... D'acord, soc somnàmbul! Tot ho vaig fer jo. És clar que si em porten al psiquiatre i dictamina que alguna cosa no funciona al cervell, podré justificar-me si les avaluacions no són bones i haig de repetir curs. Repetir curs? Això significaria que la Clàudia i l'Albert passarien el curs i jo no aniria amb ells! Posa't a estudiar. Ho sento, Clàudia, aprofitaré que estic despert per repassar alguna lliçó i ja et portaré croissants més endavant. No puc consentir quedar-me per darrere teu i de l'Albert. Aquest curs ho trec, segur! Va, mandrós, lleva't!

A dos quarts de vuit estava dutxat, amb l'entrepà a la motxilla i davant d'un llibre de text. Tenia una hora per estudiar i acabava de decidir que les darreres setmanes d'escola sempre es llevaria a les set.

8

Sense deutes

 Pujaven les escales cap al segon pis de l'escola i en Lluís es va apropar a l'Albert per, d'amagatotis, lliurar-li els trenta euros.

–La Clàudia és darrere nostre parlant amb l'Afrah –va dir en Lluís, impacient perquè complís amb la paraula de dir-li a la noia que el deute estava satisfet.

–És maca la marroquí! T'agrada?

–Deixa't de romanços, Albert.

–Però és maca o no?

–Sí, molt.

–Doncs, per si de cas em lligo la Clàudia, pots dir-li a l'Afrah que t'agrada. M'aniran bé aquests cinquanta euros...

–Trenta –va corregir-lo en Lluís.

–És veritat! Soc molt bona persona i et vaig perdonar els interessos. Com deia, aquests trenta euros m'aniran de conya –dit això, es va girar per dirigir-se cap a la Clàudia.

–Clàudia, encara resta en peu la invitació per a dissabte.

Ella no li va fer cas.

–Vols dir-li que ja t'he donat els diners? –va suplicar en Lluís.

–Ho faré, et vaig donar la meva paraula.

–Doncs, digues-l'hi.

–Tranqui, col·lega...

–Albert –el to d'en Lluís va voler sonar a amenaça però li va sortir un gall.

–Tranquil, tranquil, soc home de paraula... El que passa és que soc lent –va dir en to burlesc.

Quan tots ja estaven asseguts a l'aula esperant la mestra que parlava amb una companya al passadís, l'Albert, ensenyant tres bitllets de deu euros, es va aixecar per cridar: «Clàudia, ja he cobrat!»

El xivarri va ser breu, el temps just que va necessitar la mestra per entrar a l'aula i exigir ordre.

Camí del pati l'Albert va apropar-se a la Clàudia.

–Sortirem dissabte?

–Pesat!

–Bé, t'ho volia dir dissabte però ho faré ara. Has vist com en Lluís es mira l'Afrah? El meu pare, que és psicòleg, t'ho explicaria com ara faré jo. Hi ha maneres de mirar una noia. Per exemple, en Lluís et mira com es mira a una amiga o a un familiar, però a la marroquí... Ja saps, la mira com jo et miro.

–Vols deixar de parlar d'ella dient-li «la marroquí»?

–Et fot?

–Ves a regar!

–Estàs gelosa i et fot que en Lluís la miri com la mira.

La Clàudia es va aturar i va mirar fixament l'Albert.

–Quina anàlisi en trauria el teu pare de la manera com ara mateix et miro? Millor encara, jo t'ho diré: la meva manera de mirar-te és de desig. Desitjo que escampis la boira!

–Mal diagnòstic. En el fons de la teva mirada veig impaciència. Vols sortir amb mi però no vols posar-m'ho fàcil. Millor, així serà més emocionant.

Dit això, l'Albert va córrer escales avall.

En Lluís, que s'havia quedat endarrerit acabant un exercici va arribar on era la Clàudia.

–L'Albert és un borinot! No havia d'haver fet el numeret dels diners a l'aula.

–Doncs n'acaba de fer un altre –va respondre ella.

–Què ha passat?

–Lluís!

–Què?

–Mira'm!

–Ho estic fent!

–Als ulls, fixament. Molt bé. Què diries que estic pensant ara mateix?

–Estàs enfadada.

–Bingo!

–Però ja he pagat el deute.

–Ho sap tothom.

–Llavors?

–Deixa'm respirar, si us plau.

La Clàudia va baixar les escales i en Lluís semblava un boxejador grogui fins que una mà afectuosa i femenina el va fer continuar el camí cap al pati.

–Aquest matí t'he vist molt centrat a classe.

–Gràcies, profe.

–Com està la mare?

–Bé, treballa.

–Dona-li records...

–Ho faré. Et puc fer una pregunta?

–Endavant!

–Les dones, què espereu que fem nosaltres quan esteu enfadades?

–T'ho diré i que quedi entre nosaltres. Quan jo estic enfadada m'enfado més si el meu xicot em pregunta què em passa, perquè ho hauria de saber... I si no m'ho pregunta, encara m'enfado molt més –va dir amb un somriure.

–Uf!

–Tranquil, Lluís, aquesta assignatura no la supera cap home.

En Lluís va asseure's en un esglaó mentre la mestra va continuar escales avall. Es menjava l'entrepà –sense gaire entusiasme–. El pa li semblava dur i el fuet insípid. Va mirar cap al pati per la finestra. L'Albert xerrava amb dues noies que reien molt i no veia la Clàudia.

Abans del timbre que anunciava la fi de l'esbarjo, la va veure pujant les escales.

–Com és que no has vingut al pati? T'he estat esperant. Eres tu qui ahir em va enviar un missatge d'un ocell perseguint la femella?

Dit això, la Clàudia el va deixar on l'ha
bat, però amb la boca oberta, sentint-se m
que una aixeta al mig del desert.

9

No era una fantasia

El dissabte tocava omplir la nevera amb provisions per a una setmana, la qual cosa significava que no hi havia altre remei que anar al súper. En Lluís menava el carret i la mare comparava les ofertes 2x1, 3x2, detergent cinquanta rentats i de regal el suavitzant, paper higiènic amb obsequi d'ambientador... *«Diumenge faré brou.» «Entesos.» «Vols mortadel·la per als entrepans?» «Sí, mare.» «Compraré un pollastre sencer.» «Entesos.» «Mongetes verdes.» «Ja en menjo a l'escola.» «Et recordo que jo dino de tàper i que també haig de menjar sa.» «Tens raó.» «Llet fresca i magdalenes. Queda Cola Cao?» «Em sembla que sí. Podem comprar gelats?» «Miraré si n'hi ha d'oferta.» «Que car està l'oli. Vols llaunes de tonyina? Lluís, que no em sents? Lluís, es pot saber on tens el cap?»*

–Els sabres...

–Què has dit?

–Els sabres.

La mare se'l va mirar amb gest de sorpresa amb les celles a punt de tocar-se.

–Estem comprant, Lluís. Quins préssecs més bonics!

–Mai no hi van haver uns sabres penjats d'una paret al pis on vivíem?

La mare va oblidar la compra momentàniament.

–Ho recordes?

–Sí o no?

–Eres un marrec, quatre o cinc anys. Compro hamburgueses? Sí que tens memòria.

–Encara els tenim?

–Com és que em preguntes això? Fa anys, quan vam pintar el pis, el pare va decidir guardar-los en un armari. La veritat, no m'agradava tenir-los a la vista, tot i que tenen la seva història. Compraré un pollastre sencer que a peces surt caríssim.

–Quina història?

–Què et sembla si fem la compra i en parlem a casa?

–A qui van pertànyer?

–Lluís, la compra. Després dinem i et diré el que sé asseguts al sofà mentre prenc el cafè i tu et menges un gelat... Per cert, preferiria que mengessis més fruita...

–Recordes el quadre que hi ha a... I tant que ho recordes, si sempre que passàvem prop de l'ajuntament de Maó ens demanaves entrar-hi i et quedaves bocabadat davant de l'avantpassat de l'avantpassat de l'avantpassat del pare. Ell em va explicar que les espases...

–Sabres –va corregir en Lluís.

–Digues-li sabres o espases, hi haurà alguna diferència però no sé quina. Doncs sembla que les espas... els sabres eren d'aquell senyor tan seriós de la casaca vermella, un militar menorquí que va servir a la corona britànica i va participar en moltes guerres, a l'Índia, a Waterloo, a la del Francès, també a Egipte.

–Llavors, és cert.

–El què?

En Lluís anava a parlar del fantasma però es va mossegar la llengua.

–...Que Sir Llorenç va ser un avantpassat del pare...

–I teu... M'ha fet gràcia això de Sir Llorenç... Si et pogués sentir segur que s'enfadaria –va riure ella.

–I on són els sabres?

–Ni recordava que els teníem.

–Els tenim?

–Quan vaig triar les coses del pare, ja ho saps, vaig pensar en desfer-me'n... Poden tenir algun valor històric, però en aquells dies no estava d'humor per esbrinar-ho i van anar a parar al traster.

–Em dius que els sabres són al traster?

L'entusiasme i cert nerviosisme d'en Lluís va sorprendre la mare.

–Segur. Farem una cosa, quan acabi el curs te'ls ensenyaré i decidirem que en fem.

En Lluís rumiava en silenci. Sentia l'impuls, la necessitat d'agafar les claus del traster i sortir a correcuita a buscar el que començava a ser com un tresor, però es va preguntar si allò no provocaria problemes entre el fantasma i en Parmentier.

–Lluís, on tens el cap?

–Perdona, mare. Saps si van ferir a...

–Les armes, per desgràcia, tenen aquesta finalitat. Per això no m'agradava veure els sabres lluint en una paret.

–Saps com va perdre el braç en Llorenç?

–Com vols que ho sàpiga?

–Per si el pare t'ho va explicar.

–No, i no crec que ningú ho sàpiga.

–Ell... El Sir...

–Ell va morir fa molts anys. Sabies que el teu besavi també era militar?

–No...

–Crec que va ser el darrer militar de la saga. Que t'agradaria ser militar?

–Em sembla que no.

–Millor.

–Per què?

–Personalment no m'agraden les armes, ni els uniformes, ni la disciplina tan... No ho sé, mai no m'ha passat pel cap que et puguis dedicar a ser soldat professional –va fer un sospir–, però segur que et dediquis al que et dediquis, serà una decisió teva. Estic segura que hi ha soldats de vocació. Què t'agradaria ser, Lluís?

–Ric, perquè no haguessis de treballar.

–No m'importa treballar, m'agrada, el que no suporto és l'explotació, i que consti que no em queixo, treballo molt però en una empresa en què el propietari és el primer que penca. Podries ser historiador, quan tenia l'edat teva volia dedicar-me a estudiar història.

–I per què no ho vas fer?

–Perquè després volia ser veterinària.

–Però no ho ets, de veterinària...

–No... Arribat el moment em va captivar la publicitat.

–I com és que els sabres van acabar en mans del pare?

–Creia que ja els havies oblidat. Mira, exactament no ho sé. El besavi també era menorquí, com l'avi. El cas és que quan vaig conèixer el pare, ja tenia els sabres. Recordo que em va fer una broma la primera vegada que em va portar a l'apartament on vivia. Havíem estat escoltant música, parlant...

–I alguna cosa més...

–No m'interrompis, Lluís...

–Entesos...

–No, entesos, no... Vam parlar i escoltar música i aquell dia, res més...

–D'acord...

–I si hagués passat alguna cosa més no sé si t'ho diria, però com no va passar...

–D'acord, d'acord...

–Abans de marxar em va dir «espera que ja veuràs que tinc» i va obrir una calaixera i em va ensenyar els sabres. No et negaré que vaig sentir tanta curiositat com cert temor, encara no el coneixia bé, el pare, i vaig pensar que podia estar davant d'un beneit perillós –va fer un somriure–, però no, no ho era gens ni mica de beneit, era tan bona persona... Bé, el cas és que va treure un dels sabres de la funda... Vaig sentir un calfred però no vaig poder evitar fer una pregunta: «i l'altre és igual?» Saps què em va respondre? Em va dir: «no ho sé, l'avi em deia que sense destrossar la funda era impossible treure'l perquè ho impedia la sang seca».

–Sang seca?

–Una broma, sens dubte. La funda és de cuir i amb el pas del temps s'haurà enganxat a l'acer. Em sembla que ja hem parlat bastant dels sabres.

–I mai no el vau desenfundar?

–No, Lluís, no. Ni el pare ho va intentar i com entendràs, jo menys! Vols un préssec?

–Acabem de dinar, mare!

–A l'hora de berenar, fruita!

–Entesos...

10

Confusions

Esperar un mes i mig per buscar els sabres? Ara que sabia que existien, la idea de no baixar al traster per buscar-los li semblava totalment fora de lloc, tot i que no volia pressionar la mare amb les seves urgències. Segur que li diria que el que era urgent era una bona avaluació del curs. Falsament resignat va centrar-se en estudiar. Des que va comprendre que repetir curs era allunyar-lo de la Clàudia havia adquirit una voluntat i una energia fins llavors desconeguda.

En acabar els deures s'adonà que eren les vuit del vespre i que la Clàudia no havia donat senyals de vida. Com si rebés un cop de peu en el pitjor i més dolorós lloc, va romandre mentalment estabornit davant la idea que, finalment, ella hagués cedit a la petició de l'Albert. Després de superar una mena d'ansietat passatgera va avaluar la situació disposat a prendre una decisió que allunyés els dubtes.

a) La Clàudia no suporta l'Albert.
b) Però l'Albert sembla que és especialista en sortir-se'n amb la seva.
c) Ella em fa anar de corcoll.
d) Em va fer referència a l'ocell que perseguia la femella.
e) No puc més. Haig de trucar-li.

Un to, dos tons, tres tons, quatre tons...

–Que no salti el contestador, que no salti, si us plau...

Cinc tons i el cor se li va accelerar en sentir la veu que esperava.

–Hola, Lluís.

–Hola, Clàudia... Vols fer un tomb?

–Vint minuts i al portal.

Vint minuts li van semblar dues hores. A correcuita es va mirar al mirall disposat a plantar-se al portal de la Clàudia en cinc minuts.

–Mare, vaig a... Surto!

–Dona-li records!

–Com ho saps, que...

–Tu què creus?

–Fins després, mare.

–No vinguis tard!

–D'acord!

Mentre caminava pel carrer a pas accelerat es preguntava si ella ja no estaria enfadada, però altra vegada va sentir com un terratrèmol emocional.

–I si em diu que ja no som amics? Ha tallat la comunicació sense cap senyal positiu i bruscament. Només em faltaria tallar amb ella... Bé, tallar tampoc, perquè entre ella i jo només hi ha amistat... Pitjor encara, em pot dir que sap que m'agrada però que ella només em veu com un amic. Si em diu això soc capaç de repetir curs, no aguantaria veure-la cada dia si sé que no tinc opcions de ser el seu xicot.

Ja davant del portal no deixava de mirar cap a l'ascensor. Una senyora amb un gos molt maco. Després un senyor tossint que el primer que va fer en sortir al carrer va ser encendre una cigarreta... I de cop i volta, un noi ben plantat que feia broma amb la Clàudia.

–Hola, Lluís. Et presento en Marc.

Van encaixar i aquell rival, perquè li va semblar que era un rival molt més perillós que no pas l'Albert, va fer la pregunta que en Lluís temia escoltar perquè no estava disposat a compartir la cita amb ningú més que la seva estimada.

–On aneu?

–A fer un tomb –va respondre la Clàudia.

–Entesos. Jo he quedat amb uns companys de l'insti. Ja ens veurem.

El sospir d'en Lluís en veure que el noi no s'afegia al passeig va quedar interromput en veure com s'acomiadaven fent-se dos petons a les galtes.

–És maco, oi? –va dir ella amb un to molt feliç.

–No m'hi he fixat –va respondre ell de mala gana.

–I tant que t'hi has fixat. És molt simpàtic! Fa poc que viu al quart primera i ens havíem vist alguna vegada entrant o sortint, però és la primera vegada que ens parlem.

–Doncs no ho semblava. Vull dir que semblava que feia més temps que us coneixíeu.

–Oi que sí? Ha entrat a l'ascensor i s'ha presentat i no ha deixat de parlar fins que hem sortit al carrer. Avantatges de viure en un sisé pis! I després diuen que la gent no sap què dir quan coincideix en un ascensor. Que maco!

–Sembles contenta.

–Sí, ho estic. Fins ara ha estat un dissabte molt relaxat i he aprofitat per descansar, fer neteja de l'habitació...

–Et relaxa fer neteja?

–Em distreu. Com s'ha de fer, doncs millor ferho de bon humor escoltant la ràdio. I tu què has fet?

–Al matí he anat al súper amb la mare, m'ha donat records, i a la tarda... Bé, després de dinar he estat xerrant amb la mare i després he estudiat fins les vuit.

–Et convido a una orxata. T'agrada l'orxata?

–Sí.

–Pago jo. El teu masclisme ho permet, que pagui jo?

–No ho soc, de masclista! –va rondinar en Lluís.

–Seiem.

Van seure en una terrassa.

–Sé per què em mires així? –va dir ella després d'uns moments de silenci.

–Com et miro?

–Com si esperessis que et donés una explicació. Ho encerto?

–No ho sé. Potser sí, però no ho tinc clar.

–Ella va posar-li el palmell de la mà a la barbeta i el va mirar amb tendresa. En Lluís intentava fer fora els pitjors pensaments, però no ho aconseguia.

«Em dirà que som amics però que...»

–Ets un bon amic...

«Ja ha començat el desastre.»

–Reconec que de vegades tinc un caràcter complicat, els pares sempre m'ho diuen.

«Ara dirà que no m'amoïni, que ella és com és i que no em vol fer mal.»

–El que menys vull és fer mal, i menys a tu.

«Prepara't, Lluís, l'hecatombe s'acosta.»

–Saps què diu la iaia? –va fer un somriure enorme–. Dues orxates si us plau.

En Lluís ni s'havia adonat de la presència del cambrer.

–La iaia sempre diu que s'apiada del noi que sigui la meva parella.

«Però si ets única...»

–Diu que soc una mica llunàtica.

«No ho som tots?»

–Ahir, per exemple, estava tan enfurismada... Què us passa, als nois? O sou uns capsigranys com l'Albert o massa servicials.

«Servicial? Ho diu per mi?»

–No m'agraden els capsigranys, no. Però hi ha noies que semblen embogir davant d'un noi com l'Albert.

«Vaja! El tema de la conversa és ell?»

–Fixa't en en Marc.

«Si l'acabes de conèixer.»

–La primera impressió és molt important. No et passa que veus una persona i saps que hi pots tenir moltes afinitats o tot el contrari, que entre aquesta persona i tu mateix hi ha rebuig? Lluís... Lluís! T'he fet una pregunta!

–Perdona, t'escoltava... Sí, de vegades una persona que acabes de veure ja saps que hi ha un mur entre ambdós o tot el contrari.

–Estic segura que entre en Marc i jo hi ha sintonia.

«Sintonia?»

El sospir que ella va fer va ser com si una tona de desencís el colpegés molt endins.

–Gràcies.

En veure dos gots amb orxata damunt la taula, en Lluís va entendre que les gràcies anaven destinades al cambrer.

–Segur que té xicota –va dir ella amb un to de resignació.

–El cambrer?

–El cambrer no, tanoca, en Marc.

«Tant de bo el noi de l'ascensor tingui xicota. És clar que també pot ser d'aquests paios que per molt compromís que tinguin amb una, si en surt una altra se n'aprofiti.»

–Dilluns ens diran on anirem de viatge de fi de curs. On t'agradaria anar?

«Amb tu.»

–Lluís, em sents?

–Em sap greu deixar la mare sola una setmana.

La Clàudia va oblidar en Marc i les seves dèries i va mirar en Lluís com si de cop i volta sentís la necessitat de dedicar-li tota l'atenció.

–T'entenc. Et puc dir una cosa?

La mirada d'en Lluís va ser una resposta afirmativa.

–Evidentment, jo no soc mare, però tinc mare! De vegades se senten alleujades si ens perden de vista uns dies. Pateixen, perquè sempre pateixen les mares, però també ho necessiten. Jo ja sé el motiu pel qual et sap greu marxar uns dies, però ella serà la primera que t'animarà a fer-ho.

–Ja ho ha fet.

–Imagina-te-la arribant a casa i si té ganes d'anar despullada pel pis poder-ho fer, o dedicar tot el temps que vulgui a depilar-se, banyar-se, pintar-se les ungles, seure's al sofà a veure una pel·lícula d'aquestes que nosaltres diem que són un rotllo i que a elles els encanten! Però com són com són, les mares vull dir, potser aprofita per fer a fons la teva habitació! I segur que té amigues. Té amigues, la teva mare?

–Sí...

–Doncs segur que queda amb elles o amb la seva millor amiga per anar a sopar i qui sap si anar a prendre unes copes! Segur que ho ha pensat més d'una vegada i no ho fa per no deixar-te sol.

En Lluís va fer una rialla.

–De què rius?

–Em fa gràcia això que dius de banyar-se, pintar-se les ungles... Depilar-se... Sortir...

–Segur que ho necessita, ser lliure uns dies sense la càrrega del fill! La meva mare de vegades em diu que té ganes que jo escampi la boira de tant en tant per poder respirar! Si des que naixem fins que som adults, només viuen pendents de nosaltres!

En Lluís va agrair aquelles reflexions.

«Estic enamorat, Clàudia, molt, t'estimo.»

–No vull que et passi pel cap no apuntar-te al viatge de fi de curs. T'ho prohibeixo en nom de la teva mare i com a dona! Pensa-ho, millor aguantar l'Albert mentre ens ho passem d'allò millor que no pas com fem a classe cada dia.

–Abans has dit que ell és un capsigrany i que hi ha nois que són massa servicials... Ho has dit per mi?

Ella es va quedar pensativa i divertida alhora.

–Servicial, tu? No, no, tu ets en Lluís, ets...

«Digues que m'estimes.»

–Ets especial.

«Especial?»

–Mira, som amics...

«Ja hi som...»

–No ens acabem de conèixer, al contrari, ja portem junts des del primer curs de primària. Mentre entre nosaltres dos hi ha un recorregut de llarga distància, de vegades surt algú com en Marc...

«Merda.»

–... que et provoca un xoc, com un impacte. I si d'alguna cosa et serveix trobar-te un Marc és per valorar millor el que ja coneixes.

–M'he perdut. No t'entenc.

–Tu ets especial.

–Vols dir que jo no et puc provocar un xoc com t'ha passat amb en Marc?

–I per què no? El que passa és que ho tens més difícil perquè et conec, sé com ets... És com un matrimoni... La parella es coneix molt bé i és més complicat sorprendre's, en canvi, ell o ella poden conèixer una persona que els provoqui un terratrèmol. Aquestes coses les parlem a casa... Bé, les parlen els pares i jo escolto tot i que també hi dic la meva.

–I això que has dit del terratrèmol és bo o dolent?

–Mmm, jo penso que és bo. Estar enamorat d'una persona no significa que una altra no pugui impressionar-te.

–No sé si m'agrada ser especial.

–Jo no ho soc per a tu?

Ell va xuclar l'orxata amb la canya fins buidar el got.

–Lluís...

–Què?

–Admet-ho! Soc l'amiga més especial, esbojarrada, llunàtica, divertida, intel·ligent i maca que mai no tindràs!

–Tu guanyes, ho ets.

–Visca! –va xisclar abans de fer-li un petó al front.

–Aquest ha estat un petó de iaia! –va protestar ell.

–I què esperaves? Un petó a la boca? Anem, haig d'ajudar a preparar el dinar de demà que venen els tiets i els seus fills.

Caminaven. Ell amb ganes d'agafar-li la mà. Ella distreta i despreocupada.

–Té raó –va dir la Clàudia tot d'una.

–Què?

–La iaia té raó. Compadeixo el noi que sigui la meva parella.

«Tant de bo sigui jo l'afortunat.»

Ella li va passar el braç per les espatlles.

–Agafa'm –li va dir– a veure si ens veu algun veí i com la gent fa tant safareig li diu a la mare que m'ha vist agafada amb un noi –i va riure sense adonar-se que ell feia un sospir.

11

El viatge

La notícia que el viatge de fi de curs tindria com a destí Menorca va ser per a en Lluís com si hagués rebut un xut d'adrenalina que fes que el cor semblés un cavall desbocat. Tremolava emocionat imaginant la Clàudia i ell –ni pensava amb la resta de companys i mestres– fent-se selfies a la Naveta des Tudons i als talaiots, assaborint un gelat casolà de xocolata, banyant-se a qualsevol de les meravelloses i tranquil·les platges i fent excursions per camins encerclats de pedres pintades amb cal blanca.

Si l'esforç de les darreres setmanes per salvar el curs havia estat considerable, ara creia que estava eufòric i certament ho estava, ja que tots els que l'envoltaven li ho deien: *«Sembles un altre, Lluís.» «Aquest és el Lluís que sempre vull veure.» «Fill no saps quin pes em treus del damunt veient com t'esforces. Tot el que fas per a tu també ho fas per a mi.»*

El dia havia arribat i la mare i ell anaven cap a l'escola des d'on el grup sortiria cap al port de Barcelona per pujar al vaixell.

–Mare, aquests darrers dies he estat netejant a fons l'habitació, he passat l'aspiradora per sota el llit, he mogut la tauleta de nit, he tret la pols, he fregat el terra...

–T'ho volia comentar perquè ahir vaig notar que feia olor a net, a detergent...

–No volia que aprofitessis que soc fora per ferho tu.

–T'ho agraeixo, sí.

–I també he pensat que faries bé si et dediquessis una mica de temps.

–Una mica de temps? –va preguntar amb gest de sorpresa.

–Bé, ja saps... Aquestes coses que feu les dones...

–Aquestes coses que fem les dones –va comentar ella amb un somriure emocionat.

–Sí, pintar-se les ungles... depilar-se...

–Ho intentaré fer, sí...

–Un bany llarg i relaxant...

–M'agrada que pensis en mi i siguis tan considerat.

–És que les mares, des que naixem, esteu sempre pendents del que fem i és clar, suposo que de tant en tant us va bé estar soles...

–Sí, gràcies. Ho heu parlat a l'escola tot això?

–No, mare, no. Ho he pensat... Bé, i també ho he estat parlant amb la Clàudia.

–Entesos, gràcies.

–I faries bé si quedessis amb alguna amiga. Podíeu sortir i anar a sopar...

–Bona idea, fill.

–Estaràs bé, mare?

–Ho estaré, no et preocupis. Et faré cas i penso prendre un bany de dues hores, amb música relaxant i amb espelmes, com a les pel·lícules. I trucaré a la Tere que em va trucar fa poc i em va convidar a sopar quan jo pogués.

El vell 206 es va aturar prop d'un autocar envoltat de pares i mares, mestres i alumnes, motxilles i emocions. Els consells dels adults es barrejaven amb les bromes i l'entusiasme dels alumnes: *«no et banyis després de dinar fins que passin dues hores»*, *«qualsevol problema li ho dius als tutors i ells ja prendran la decisió correcta»*, *«posa't protector solar»*, *«no facis l'ase i res de llençar-te des de les roques»*, *«compte amb els mosquits i les meduses», «si tens diarrea només arròs bullit, pernil dolç i una poma», «nena, compte amb l'Albert que aquest sempre va com una moto», «fes cas al mestre», «si et ve la regla i et fa mal la panxa li ho dius a la Isa»...*

La mare de la Clàudia, i la d'en Lluís van coincidir.

–Com estàs, Marga?

–Bé, gràcies Roser.

–Ara que ens alliberem dels fills podríem quedar. La Clàudia porta uns dies dient-me que et truqui i que sortim i anem a sopar.

–Doncs em sembla que ho han planificat entre la teva filla i el meu fill. Amb molt de gust, tot i que treballo.

–Em truques i si pots recuperem la sensació de no tenir lligams!

–Ho faré.

El so del clàxon de l'autocar va interrompre la conversa. Els alumnes s'acomiadaven dels pares, alguns, com a símbol d'independència, evitant ser petonejats. En poc més de cinc minuts les mans van deixar de moure's cap a l'esquerra i cap a la dreta fent el comiat.

Asseguts un al costat de l'altre, la Clàudia i en Lluís feien bromes amb els companys.

12

Menorca

La Clàudia i en Lluís van passar gran part de la nit de la travessia ben a prop, asseguts a les respectives butaques del vaixell, una al costat de l'altre. Naturalment van haver de suportar les bromes de l'Albert i d'altres companys: *«Lluís, les mans quietes.» «Sembleu una parella de viatge de noces.» «Aquesta és la teva, Lluís!»*

A ella no li va resultar gens difícil agafar el son, en canvi, en Lluís, emocionat per ser a la vora de la Clàudia i pel viatge, va tardar més a tancar els ulls. S'hi resistia, volia estar ben despert per gaudir d'aquella experiència que li resultava meravellosa. Quan ella ja dormia ell la mirava encaterinat i li resultava embriagador escoltar la seva respiració.

Després de la lectura d'unes pàgines d'un llibre –el mateix que guardava a la tauleta de nit–, el rum-rum rutinari, constant i inevitable dels motors del vaixell, l'emoció de tot plegat i la digestió d'un entrepà seguit de dues peres que la mare li havia fet prometre que es menjaria, el van portar a inclinar el cap cap a la Clàudia fins quedar adormit.

El cervell li va oferir un seguit d'imatges, arxius de memòria plens de records menorquins, la mare i el pare, ell més petit, el quadre de Sir Lawrence, ell quan tenia uns vuit anys, una canya de pescar i un peix monstruós que es clavava l'ham per després mossegar la línia i fugir enfurismat. Tot plegat un poti-poti considerable, fins que connectava amb una emissora de ràdio.

–I abans d'acomiadar l'informatiu horari, una darrera hora que ens arriba des de Maó. Ha desaparegut un dels quadres penjats a la galeria de personatges il·lustres, concretament el que ret tribut a Sir Lawrence Arguimbau. El més curiós del cas és que no hi ha cap indici de com s'ha produït el robatori, si és que es tracta d'un robatori. Escoltem el cap de cultura de l'Ajuntament: *«Aquest matí a les deu jo mateix l'he vist, el quadre, al seu lloc de sempre. Una hora*

més tard, ja no hi era i el més sorprenent, les càmeres de seguretat no han recollit cap moviment sospitós. En el time code*, a les 11.22, el quadre estava penjat i a les 11.22.03 havia desaparegut. Sembla un cas digne de fantasmes! Un desastre!»*

En Lluís havia programat el despertador del mòbil per no perdre's i compartir amb la Clàudia el que ell ja havia vist unes quantes vegades.

L'entrada al port de Maó va ser tot un descobriment per a ella, a qui en Lluís va despertar una bona estona abans, passat el Far de Cavalleria de Fornells. Van buscar un racó de la coberta, ja que bufava tramuntana, i no va ser fins que el vaixell va enfilar el port i va minorar la marxa que la calma va permetre gaudir d'un espectacle tan bonic. L'illa es presentava als nouvinguts sota un cel clar i lluminós, amb les pedres de la costa lluents i les cases que semblaven despertar-se, atès que les finestres s'obrien com per art de màgia, ara una, ara una altra, per rebre els primers raigs del dia. Alguns llaüts passaven prop del vaixell i semblaven al seu costat formiguetes marineres.

–Sort que m'has despertat! És preciós!

–Ja t'ho deia. El pare deia que la natura va convertir aquest port en desig de tots els països mariners. Mira, aquella casa de color terrós i perfils blancs va pertànyer a un almirall anglès i a la seva amant!

–Com ho saps?

–M'ho va dir el pare. Ell era l'almirall Nelson i ella –va pensar uns segons fins a recordar el nom de la dama–, Lady Hamilton!

Els tutors, en Xisco i la Isa, van demanar l'atenció del grup que poc després trepitjava terra ferma.

–Escolteu-me tots –va demanar en Xisco quan ja eren asseguts a l'autocar–. Ara anirem a Cales Coves, on acamparem.

–Jo vull anar a un hotel de cinc estrelles –va bromejar una de les noies.

–No et preocupis, Mariona, on anem veuràs moltes més estrelles, milers, però hauràs d'esperar que es faci fosc. Bé, escolteu-me, si us plau. Fins fa uns anys hi havia gent que vivia a Cales Coves, que no rep gratuïtament aquest nom. Ara, però, torna a ser un lloc on s'evita que es faci vida excepte a grups escolars i per un temps concret. Hem de ser polits, donar exemple, recollir els embolcalls, plàstics, restes de menjar, perquè si no ho fem no només haurem de pagar una multa, el pitjor és que pensaran que som uns mal educats i superbs sense cap respecte a la natura. Els que sou més desendreçats, recordeu que no som a casa nostra, que som a una illa que ens rep amb el convenciment que la respectarem. Estem de visita i quan anem de visita ens portem com cal. Ha quedat prou clar?

El sí –no exempt de certa ironia ni tampoc de convenciment– va ser unànime.

–Hi ha Mercadona a Cales Coves? –va preguntar l'Albert.

–No hi ha cap mena de serveis, ni falta que fa. Quan necessitem alguna cosa ja anirem on calgui.

–Però a mi m'agrada menjar un gelat després de sopar –va insistir l'Albert envalentit en creure's graciós.

–Com els teus pares tenen diners els demanes que t'enviïn un iot amb totes les comoditats! Sé que alguns de vosaltres coneixeu bastant bé l'illa, oi, Lluís? Quina platja ens recomanes?

–Que no haguem de caminar massa! –es va sentir.

–Doncs en recomano una que s'ha de caminar un bon tros. Cala Pregonda.

–Mirarem d'anar-hi, a més, jo també la conec i us puc assegurar que és una de les més maques que mai no heu vist.

–I com ho farem quan tinguem ganes de pixar? –va preguntar un dels nois.

–Els nois ho teniu fàcil, en canvi, nosaltres... –van saltar les noies.

–I per cagar on anirem? –el to festiu donava pas a dir paraules malsonants.

–A veure, si us plau! Podem evitar ser tan explícits? Quan arribem ja us explicarem on heu d'anar quan tingueu, tinguem, necessitats fisiològiques.

–Això és una cursilada, Xisco... no ens demanes sempre que diguem pa al pa i vi al vi? Doncs, parlem clar! Acceptes que diguem «vaig a plantar un pi»? –l'Albert va fer un pet amb la boca per arrodonir la seva presumpta gràcia.

La noia que estava asseguda al seu costat va fer una ganyota de fàstic abans de protestar.

–Ets un porc, t'has tirat un pet de veritat!

–No siguis vulgar, ha estat una ventositat!

El guirigall es va mantenir una bona estona fins que el conductor va intervenir.

–Si algú torna a ambientar el meu vehicle amb aquest perfum peninsular, l'aturo i ja podeu començar a caminar –va dir pel micròfon.

En Xisco va optar per seure's i deixar que la festa, més moderada després de l'advertència, seguís sense la seva intervenció. En no seguir el corrent la gresca aviat va esvair-se.

En baixar de l'autocar, les paraules d'en Lluís adreçades cap a en Xisco van arribar a oïda del conductor.

–Si anem a Maó t'ensenyaré un quadre que resta a l'ajuntament, a la sala de personatges il·lustres.

–Ho sento, boi, no crec que us deixin entrar –va intervenir el xofer.

–Sempre que he vingut a Menorca m'han deixat entrar –va replicar en Lluís.

–Segur que sí, però ara no ho crec. Tot just ahir va desaparèixer un dels quadres.

–Desaparèixer?

–Oficialment s'ha dit que el quadre en qüestió ha estat retirat per restaurar-lo, però ni jo ni ningú s'ho creu, ja que com han dit veus autoritzades com la d'un historiador de l'illa, el quadre va ser restaurat fa menys d'un any. Ningú no s'explica com ha passat. Diuen que sembla cosa de fantasmes, però com jo no hi crec, en fantasmes, estic segur que haurà estat obra d'alguna màfia amb un contacte al mateix ajuntament.

En sentir la referència als fantasmes, en Lluís va pensar immediatament en Sir Lawrence i la ment li va obrir la finestra del somni.

–El quadre que ha desaparegut és el de Sir Lawrence! –va exclamar en Lluís convençut i espantat.

–Justa la fusta! El del militar de la casaca vermella, l'Arguimbau! D'Arguimbaus, Pons, Mercadals i Orfiles, n'hi ha un munt a l'illa –va dir sorprès el conductor–. Com ho sabies, això?

–No ho sé, però ho sabia!

En Lluís es va preguntar si havia estat el fantasma el que mentre dormia al vaixell li va avançar la notícia.

13

Cales Coves

 L'autocar els va deixar molt a prop del destí i després d'una breu passejada van arribar-hi. Els crits d'admiració en veure dues cales en forma de ferradura, amb unes aigües molt ben protegides en cas de temporal o tramuntana, van provocar més d'un crit entusiasta que rivalitzava amb el desencís dels que lluny d'un bon llit i de les comoditats pensen que no se'n sortiran i que en lloc de passar-ho d'allò millor patiran de valent.

–A continuació va arribar l'hora protagonitzada per les tendes de campanya, un bany paradisíac, un bon àpat i el descobriment encuriosit i divertit de les coves més properes.

–Xisco, podré banyar-me en pilotes? –va preguntar l'Albert mentre berenaven.

–Au va, Albert –va dir el tutor.

–Banya't despullat que segur que riurem tots! –va dir la Mariona.

–Doncs jo no tinc pas ganes de veure a ningú del col·le nu! Una cosa és estar despullada en una platja deserta i una altra envoltada per quatre que ja et despullen amb la mirada –va opinar una altra noia.

–Per respecte, Albert, no et treguis el banyador –va demanar en Xisco.

–Tampoc se'l trauria, em sembla que no té gaire a ensenyar! –es va sentir.

–Va nois, no cal ferir sentiments –va dir en Xisco mirant que la calma imperés.

–Com em tregui el banyador més d'una s'enduria un ensurt –va dir l'Albert amb supèrbia– i no us feu les estretes que segur que us agrada prendre el sol sense biquini.

–Però no davant teu! –van protestar a l'uníson les noies.

–Ningú no es banyarà sense banyador per una raó molt concreta. La Isa i jo som els tutors i responsables de tot el que passi al llarg d'aquests dies. D'entrada, tots teniu mòbils i ja sabem que hi ha elements en el grup capaços de penjar fotografies a la xarxa. Ni volem exposar-nos a una denúncia de l'AMPA, ni sou majors d'edat per fer allò que us surti dels nassos... Ha quedat clar per a tots?

–Ei, Xisco, que feia broma –es va justificar l'Albert.

–Bromes en farem moltes, Albert, però amb les quals tots ho passem d'allò millor.

La primera nit, en Lluís volia oblidar l'assumpte del quadre intentant convèncer-se que tot era fruit de la casualitat. Era prop de la Clàudia i no volia que res el preocupés ni el distragués. Fora de la tenda de campanya dominava el silenci excepte quan alguna au de rapinya deixava anar el testimoni de la seva activitat. La quietud absoluta i els roncs d'en Xisco semblaven familiars. La pau que en Lluís sentia era una cosa molt propera a la felicitat, fins que com si alguna cosa el molestés, es va rascar la cara. Mig va obrir les parpelles, per tornar-se a acomodar i tornar-les a tancar. En fer-ho, la mateixa sensació, com una ploma d'au lliscant pel seu rostre. Mig incorporat va parar atenció i va estar a punt de fer un crit. La camisa groguenca amb el que semblava una espelma encesa era fora de la tenda on dormien. En Lluís es va pessigar creient estar somiant però tot d'una va comprovar que estava despert. Es va alçar sense fer soroll i va sortir a l'exterior. Amb gestos, el fantasma el va animar a seguir-lo fins a ser a una distància prudencial per no ser escoltats.

–Boi, penses que és casualitat que siguem aquí?

El boi no va respondre, molt decebut per perdre aquell estat que li semblava tan meravellós i perquè la presència d'aquell ésser només el podia destorbar.

–Vull que vegis una cosa, vine! –va dir la veu procedent d'un cos que no existia.

La camisa groguenca es va bellugar i la llum de l'espelma que en Lluís va seguir el va fer entrar en un estat que no sabia definir. No hi havia lluna i milers d'estrelles brillaven al firmament, però en Lluís havia d'anar mirant cap al terra per no ensopegar amb les pedres. Després de recórrer uns cent metres, el fantasma es va aturar.

–Mira! –va dir la veu.

–Cap a on?

–Cap on assenyalo, millor dit, davant teu, a l'altre costat de la cala, la cova més alta del penyasegat. Què hi veus?

–Un foc... Els caurà el pèl, està prohibit!

Sense ser-ne gaire conscient, en Lluís havia acceptat la situació.

–Deixa't de normes, dins de les coves no hi ha perill d'incendi!

–Segur que són excursionistes.

–T'equivoques, Lluís, no ho són, d'excursionistes.

–Com ho saps?

–És un foc fantasma. Podries posar-hi la mà que no et cremaries.

–Llàstima que et dediquessis a la vida militar, amb la imaginació que tens segur que hauries estat un gran escriptor. Com vols que em cregui que no em cremaria si fiqués la mà en aquella foguera? Si no fossis un fantasma pensaria que has fumat herbes.

–No dubtis mai del que dic!

–Mai no vas escriure les teves memòries? Si és cert que vas participar en batalles tan importants no tinc cap mena de dubte que la teva vida va ser molt emocionant.

–Feia un diari que guardava en un cofre. En una batalla vam haver de sortir cames ajudeu-me i qui sap quin destí va córrer tot el que guardava en aquell cofre. Cartes d'amor i tot –va fer un sospir–. Saps? Vaig lluitar en guerres que han passat a la història i et mentiria si et digués que no em sento orgullós d'haver-ho fet, tot i que cada cop de sabre, cada batalla, cada campanya acaba sent un pes difícil de suportar. Malgrat tot, creia en allò que feia i entenia que ho havia de fer, però el que mai no vaig entendre és la necessitat de l'ésser humà d'armar-se per fer mal deliberadament, i creu-me, hi ha hagut persones que es consideraven amb el dret d'apropiar-se d'allò que no els pertanyia.

–Com els pirates?

–Com els pirates i també alguns exèrcits. Els pirates, com ja et vaig comentar, provocaven el terror a nivell molt local, eren grups no gaire nombrosos, en canvi, els exèrcits tenen una missió noble... Però segons qui els mana fan allò que mai no haurien de fer. Per cert, saps que jo vaig ser corsari abans que militar?

–Corsari? I quina diferència hi ha entre un corsari i un pirata?

–Els corsaris rebíem l'ajut i el vistiplau del govern, és a dir, el govern sota el qual actuàvem ens animava a saquejar i apropiar-nos de les naus enemigues.

–Tot plegat em sembla una animalada. He vist pel·lícules de pirates i també de guerres, i perquè sé que és una pel·lícula, però això d'anar robant i matant... Però bé, tornant a la foguera que no crema, insisteixo que les teves memòries haurien estat un llibre força interessant.

–Sé que t'agrada llegir i que tens un llibre molt especial que sempre t'acompanya.

–Com ho saps, això? No ho sap ni la mare!

–No t'ho creguis pas, les mares ho saben tot. Jo et vaig veure fent la motxilla.

–El llibre és el meu secret... Tot i que en desconec el motiu... És un llibre.

–Ho sé, no t'amoïnis.

–Per ensenyar-me un foc que continuo creient que crema i que l'ha fet un excursionista, o un ocupacoves, m'has despertat?

–No, Lluís, t'he despertat perquè et necessito. El moment s'apropa i la darrera batalla està a punt de començar. Te'n diré més, tot passarà en aquests dies que seràs a Menorca.

–Parles seriosament, veritat?

–Sí, Lluís. No notes una presència fantasmagòrica?

–Com no sigui la teva.

–Ell és aquí.

–Ell?

–Parmentier!

–Parmentier?

–El fantasma de Parmentier és qui ha encès el foc que veus.

–I què hi fa, aquí?

–Vol el seu trofeu de guerra, el sabre que aferrava la meva mà quan vam lluitar! I ha estat ell qui ha fet desaparèixer el meu quadre!

14

Cala Pregonda

–Bon dia, dormilega!

Quan va sentir la veu de la Clàudia, en Lluís va saber que aquell era el despertar més joiós que mai no havia tingut.

–Has dormit bé?

–Sí, crec que sí. Bon dia, Clàudia.

–Anit, quan estava mig adormida, em va semblar que llegies.

–Ho faig cada nit i per no molestar-te he portat una lot especial per a llibres.

Ella es va aixecar i es va estirar mentre badallava.

–Em fan mal tots els ossos. Vens a banyar-te?

–Fet.

Van baixar cap a la petita platja i sense pensar-s'ho dues vegades es van cabussar. La resta del grup no va tardar a afegir-se i així va començar el segon dia a l'illa.

–Pareu atenció, al·lotes i al·lots! Esmorzeu bé i preneu menjar per al dia que avui anirem a Cala Pregonda! –va anunciar la Isa.

–Caminant? –va preguntar la Mariona.

–Anirem amb autobús fins a Binimel·là i des d'allà posarem el motor de les cames en funcionament.

–Això, traduït en quilòmetres com queda?

–Ja ho veureu!

–I els que no volem caminar no podem romandre aquí?

–De cap de les maneres, Albert, som un grup! Afanyeu-vos!

L'autobús va recórrer llocs perfectament coneguts pel Lluís, que assegut en un dels seients més pròxims a les finestres, recordava el paisatge recorregut moltes vegades en les seves estades familiars. Per a ell, Cala Pregonda era un lloc ple de records, de bons records, de jocs amb els pares, de banys que s'allargaven fins les vuit del vespre, de lectures, d'ensalada russa, d'entrepans de sobrassada, de gasosa, de peixets que semblaven barallar-se per bocins de pa, d'un pop prenent el sol damunt la sorra, de rialles i també de pell cremada per no fer cas i passar de posar-se protecció solar.

La Clàudia s'havia assegut al costat de la seva millor amiga i no parava de xerrar i riure. D'alguna manera ell va agrair no tenir-la al costat, ja que per uns moments la nostàlgia l'havia envaït fins al punt de tenir els ulls vidriosos. Però alhora, estava convençut que era més fort que mai. Se sentia orgullós de l'esforç per no suspendre el curs. Començava a entendre que havia tancat una etapa i que no hi havia altre remei que tirar endavant.

–N'hi ha, de vaques, a Menorca! –va exclamar en Xisco que seia al seu costat–. Abans de tornar cap a casa compraré uns formatges ben curats.

–Als pares –en Lluís va interrompre la frase per corregir-la tot seguit–, a la mare també li agrada molt el semi.

–Com a expert que ets, quan tardarem caminant des de Binimel·là?

–D'anada una mitja hora i bastant més de tornada.

–Com és això?

–Per dos motius ben clars: la tornada haurem de pujar un bon tros i estarem esgotats de tot el dia a la platja!

–A peu no hi havia anat mai –va aclarir en Xisco–, vaig tenir la sort de tenir un rotllo amb una noia que tenia un llaüt.

–Mai no he anat en barca.

–Tu rai! Amb l'edat que tens, les coses que t'esperen i ara que t'has demostrat que pots superar les adversitats, tot t'espera.

Quan l'autobús va aturar-se, els més mandrosos van protestar davant la idea de continuar l'excursió fins a Cala Pregonda tot mirant bocabadats la platja de Binimel·là.

–Xisco, tenim tota aquesta sorra per a nosaltres, quedem-se aquí i així no carreguem les motxilles dues hores!

–Un quart d'hora, vint minuts com a molt –va dir en Xisco picant l'ullet cap a en Lluís.

–T'he vist, Xisco.

–Entesos, m'has vist, però quan arribem a Cala Pregonda ja veuràs com no pares de fer selfies!

–En aquest cartell posa Camí de Cavalls, segur que serà ple de tifes –va remugar l'Albert.

–Va, som-hi i no perdeu les forces protestant!

Mentre caminaven, en Lluís no va poder evitar escoltar parts de la conversa entre la Clàudia i la Tere que anaven un parell de metres endavant.

«... i vam quedar que quan acabi el curs em donarà classes de música...» «Sí, de música...» «És molt atractiu...» «... però no volies fer un curs de pintura...?» «La música també m'atrau...» «Sí, sí, la música... i el músic.»

Després de mitja hora que va passar en un tres i no res i quan el grup ja era a la sorra ningú va protestar per anar fins allà... Bé, gairebé ningú.

–Xisco, hi ha un altre camí més planer per tornar? Si hem de pujar tot el que hem baixat!

–Els altres camins són de propietat privada! –va respondre en Xisco.

Els jocs i els banys van ocupar la major part de l'estada. També les converses i les fotografies. Els tutors havien proposat fer un concurs en què el jurat que premiaria els guanyadors el formarien els alumnes.

Ja de tornada a Cales Coves la preocupació general era saber el pla de l'endemà.

–Anirem a Ciutadella i abans pararem a la Naveta des Tudons.

–Hi ha bar, en aquest lloc?

–No siguis beneit, Albert, la Naveta des Tudons és una construcció de pedres de la prehistòria. Ja només ens faltaria trobar una franquícia d'hamburgueses en llocs tan històrics.

–I què hi farem, allà?

–Només tu pots fer una pregunta com aquesta, Albert.

A poc a poc la nit va dominar el lloc i tot i unes converses disteses, aviat la majoria va caure rendida pel cansament.

En Lluís, però, va treure la lot per llegir una estona.

Però aquella seria una nit que mai no oblidaria.

15

El duel

L'ensurt d'en Lluís va ser tal que de no ofegar el crit hauria despertat mitja illa. Davant seu un personatge que al principi li va costar reconèixer i quan ho va fer va quedar sorprès.

–Vas vestit amb... –va encertar a dir.

–Amb l'uniforme amb què vaig posar per al quadre. La situació ho requereix, vine!

Com si d'un soldat es tractés, en Lluís va obeir l'ordre del que havia estat tinent general i el va seguir per la foscor fins que va entendre que el seu avantpassat es dirigia a la cova de la foguera.

En adonar-se'n en Lluís va intentar rebre explicacions.

–Aturem-nos un moment –va gosar dir.

Com a resposta va rebre una mirada d'uns ulls que semblaven tenir llum pròpia, i que, tot i la foscor, el van intimidar el suficient per a no replicar. El fantasma, tot i no ser de carn i ossos, ara tenia forma humana però era una silueta com transparent, amb els trets del rostre, amb aquella vestimenta envellida.

Amb el cor cada vegada més accelerat i la respiració mig ofegada per seguir les gambades de l'avantpassat, es va aturar en rebre el senyal que ho fes.

Sir Lawrence es va endinsar a la cova i en Lluís va escoltar-lo parlant amb un altre... Fantasma? –es va preguntar.

«Ha arribat el moment.» «Has portat el garçon.» *«Espera fora.» «Fes-lo entrar.» «No vull que prengui mal.» «Mai no he ferit voluntàriament cap* garçon.» *«Lluís, entra... Lluís!!!»*

Després d'empassar-se la saliva, en Lluís va tornar a obeir impressionat pel to enèrgic i seriós de qui manava. Dins de la cova va veure l'altre individu, un militar, sens dubte, ja que vestia un pantaló blanc fins el sota pit que marcava l'entrecuix com si d'un ballarí es tractés, i una casaca fosca amb dues peces daurades damunt de les espatlles que li van recordar adorns de cortines i alguna imatge de Napoleó que havia vist en un llibre.

Després de dubtar si seria oportú saludar, va preferir romandre quiet com una estàtua de marbre.

Els seus ulls van recórrer el lloc i va quedar perplex en veure que el foc no cruixia ni desprenia

fum, però si aquell foc era irreal, fantasmagòric, el que tot seguit va veure no hi havia dubte que era del tot real: el quadre de la sala de personatges il·lustres que tantes vegades havia contemplat a l'ajuntament de Maó.

–Lluís, et presento el fantasma del tinent general Parmentier. Com pots comprovar, ha sostret el meu quadre i amenaça a cremar-lo si no li lliuro els sabres. Ja ho sé, probablement estàs pensant que és impossible cremar res en aquest foc. T'equivoques.

Sir Lawrence va treure's un mocador de la màniga amb braç i el va llençar al foc. Com si de màgia es tractés, la peça de roba es va convertir en no res en uns segons.

–Pots ficar la mà que no et cremaràs, és cert, però la perdràs sense fer cap crit. Aquesta foguera també és fantasmagòrica, i com a tal, té unes qualitats més semblants a la bruixeria que no pas a les fogueres que coneixes.

–*Bonsoir, mon ami* –van ser les primeres paraules del tal Parmentier adreçades al jove.

–Deixa't de romanços, Parmentier! Parles el català tan bé com jo i no només per haver estat molts mesos a Menorca, sinó també perquè vas néixer en una família de Còrcega que tres segles després de ser declarats caducats els drets catalans encara parlaven el nostre idioma. Prou que ho saps, però no som aquí per donar lliçons d'història.

–D'acord. Bé, aquesta és la situació, *mon ami*...

–Ja hi som una altra vegada! M'estic enfurismant, Parmentier!

–Millor que et tranquil·litzis i recordis que només et queda un braç –li va dir el francès amb un to burleta–. Sempre he pensat que els anglesos mai no et van contagiar la seva estimada flegma. I això que els menorquins teniu fama de calmats!

–Deixa't de romanços i reconeix que em vas ferir a traïció! Prou que ho saps!

–A traïció? Ja hem discutit moltes vegades aquest assumpte i admet que el meu atac va ser com marquen les normes quan s'enfronten dos rangs com els nostres. A més, allò no era un duel entre cavallers, allò va ser un cos a cos enmig d'una batalla!

–Menteix! –el Sir va cridar mirant cap a en Lluís com si amb la seva indignació l'intentés convèncer que la seva era la versió veritable.

–Si vols em lligo el braç esquerre a les espatlles

i tornem a lluitar! Els teus sabres són un trofeu de guerra i em pertanyen!

–Deixa't de guerres i de duels, ambdós vam passar la vida lluitant.

En Parmentier, sense perdre l'orgull, va fer un sospir, com donant per bona la reflexió del seu enemic. De cop i volta es va adreçar al noi.

–Relaxa't, no en sortiràs pas ferit, de la cova. Et diré una cosa ben certa... Cada vegada que has anat a veure el quadre del meu rival de guerra, he sentit certa enveja. Jo també vaig fer mèrits per figurar a la història de Menorca, però ja se sap que la història l'escriuen...

–Els guanyadors! –va bramar el Sir com si amb l'afirmació li tornés la burla que havia patit.

–Guanyadors? Em sembla que ara sabem que en una guerra no n'hi ha, de guanyadors i sí un únic perdedor: la humanitat. I no em vull posar filosòfic!

Sir Lawrence va moure el cap amb gest de resignació i reflexió, com si li costés reconèixer que les paraules d'en Parmentier afirmessin una veritat incontestable.

–Però sí, la història s'escriu des de la perspectiva de qui li pertoca ser, oficialment, guanyador –va admetre el francès–. Per desgràcia, hi ha milers d'exemples. Com et deia, m'hauria honrat ser recordat com un home important per a l'illa, però bé, ja tinc la meva part de reconeixement en un altre racó, en aquest cas a França. Ara que et miro, Lluís, deus estar prop de l'edat que aquest –va moure el cap assenyalant en Lawrence– tenia quan va embogir per una dona que per l'edat podria haver estat la seva mare!

–Em sembla que el boi no té cap interès a conèixer segons què –va rondinar el menorquí.

–Sí, és clar –va dir el francès amb ironia i certa burla–, el gran Sir només vol que se'l recordi per les seves gestes vestint l'uniforme militar, que per cert, reconec dignes i importants –va arrodonir teatralment la seva afirmació–, i no vol recordar quan es treia l'uniforme per tenir intimitat amb les femelles.

–Parmentier...

–Deixa que el *garçon* conegui que també vas ser un jove encaterinat d'un impossible. No ens fa humans parlar de les altres aventures, de trapelleries i que, com en el teu cas, et jugaves el coll encegat per ella? Ah, en el nostre estat fantasmagòric, em fa gràcia dir que determinats records ens fan humans.

Sir Lawrence va seure damunt d'una roca i el mateix va fer en Parmentier.

–Explica-li al teu descendent quan per primera vegada vas estar encegat per una dona. I quina dona!

–És cert, jo era molt jove i la passió em cegava. Em jugava el coll però no m'importava. La mirava i el cor em bategava com mai no em va bategar en una guerra. Ni la força de la tramuntana podia endur-se aquell desig carnal!

–Vas aconseguir fer-li un petó? –va preguntar en Parmentier.

Un llarg sospir nostàlgic va precedir el reconeixement d'un record amorós.

–Li vaig robar un petó, només un, però si no l'hi hagués fet, sempre m'hauria penedit de no intentar-ho. Ella era tan maca... i seductora. Corria el rumor que ja havia aconseguit que molts homes importants perdessin el cap per ella. Sembla que l'estigui veient passejant pels jardins de la casa que l'almirall Nelson va manar construir com a refugi de les seves trobades al port de Maó. Era primavera, jo tenia setze o disset anys, no ho recordo exactament, i m'havia guanyat la confiança del cap dels vigilants de la finca fins al punt de treballar-hi com un dels seus homes a canvi de menjar i unes monedes. Cada matí, després de llevar-se, ella sortia a una de les terrasses per mirar cap a la mar, tot i esperant l'arribada del vaixell en què Nelson recorria la Mediterrània i l'Atlàntic. Dia rere dia, sospir rere sospir, desencís rere desencís. L'almirall no arribava i la tristor envaïa la mirada de Lady Hamilton. Llavors, jo no podia entendre com aquell home era capaç de resistir la temptació, abandonar els seus deures de militar per romandre entre els braços de qui tant l'enyorava. Jo no la perdia de vista fent veure que vigilava que cap intrús intentés trencar la pau de la casa. Fins que, una tarda... Una tarda ella se'm va apropar i el meu cor em va palpitar com mai no ho havia fet. Em va preguntar el meu nom i l'hi vaig dir, i tot seguit em va lliurar un sobre que duia a la mà i em va dir: *«Llorenç, mana que l'enviïn a Anglaterra en el primer vaixell que salpi»*. En lliurar-me el sobre vaig fregar la seva mà –aquell record va provocar un sospir entranyable i una pausa

en la narració–, la seva era una pell blanca com la cal, i els seus ulls blaus semblaven un homenatge a les cales de l'illa. Gairebé sempre duia recollits els cabells, però no pas aquell dia. Bufava una mica de vent i la cabellera semblava la vela d'una embarcació. En tocar-la, tot jo vaig tremolar i ella em va prémer la mà i em va fer un somriure com si hagués descobert el meu secret. Les nostres mirades van coincidir i en la seva, hi vaig veure un raig de comprensió. No sé com, però els meus llavis van besar els seus i després, acovardit vaig fer unes passes enrere. «*Espera*, –em va dir i jo vaig romandre quiet esperant que em digués que seria castigat per la meva gosadia–. *Aviat me n'aniré i vull que sàpigues que sé com em mires cada matí mentre desespero mirant la mar que no em porta l'home que tant estimo. El que has fet també ho vaig fer jo fa anys, quan era molt jove, per això ho entenc. Aquell petó que també vaig haver de robar, creu-me, és el que més recordo i sens dubte, el més sincer i innocent que he fet mai. Malgrat ser més gran que tu, m'has fet sentir estimada i no saps com t'ho agraeixo, atès que la solitud d'aquestes setmanes m'ha fet dubtar de la meva bellesa. Els teus llavis m'han reconfortat i sé que recordaràs per sempre els meus».* Dit això, va fer un gest amb el cap per indicar-me que m'afanyés a complir l'encàrrec.

Es va produir un llarg silenci fins que l'almirall va tornar a recuperar les paraules.

–Unes setmanes després ella va abandonar Menorca quan jo ja havia decidit ser militar, qui sap si pensant en morir en una batalla dient el seu nom, o potser, pensant que trobaria la meva pròpia Lady Hamilton, la meva pròpia Emma, perquè aquest era el seu nom.

Semblava que es produiria un nou silenci però el francès va picar de mans aplaudint amb un gest de sorna.

–I som els francesos els que tenim fama de romàntics empedreïts! Ho veus com no et vaig atacar a traïció? Segur que esperaves ser travessat per l'acer pensant en ella... Però vas fer una maniobra i només et vaig ferir... Com t'hauria agradat caure mortalment ferit per pronunciar la darrera paraula... Emma.

Sir Llorenç va mostrar-se altiu i xulesc per respondre.

–No t'ho creguis pas! Si hagués caigut mortalment ferit probablement hauria dit Joana... O Mary... O Isabel... O Joaquima... Tot i que també recordo una altra Emma amb la qual em reunia en una casa que havia heretat prop d'on som, a Alaior.

–Tampoc cal que ens recordis totes les teves conquestes femenines, que també en aquest aspecte, no em quedo enrere respecte a tu. Ara ells –va mirar a en Lluís– ho tenen més fàcil. Nosaltres, per quedar amb una dona de vegades havíem de cavalcar quatre i cinc hores, i arribàvem cruixits amb dolors d'esquenes i ronyons... Recordo una nit que vaig haver d'anar de Ciutadella a Sant Lluís que...

–Ara ets tu, Parmentier, qui embolica la troca...

–D'acord, doncs, fem el que hem vingut a fer!

Davant la sorpresa d'en Lluís, la tensió va apoderar-se del lloc.

–I què heu vingut a fer? I què hi pinto jo, en aquesta reunió d'éssers d'un altre món? –va preguntar en Lluís no sense témer la resposta.

Si moments abans els dos militars havien estat parlant com vells coneguts que després de rancúnies havien signat la pau i recordaven bons moments de les seves vides, de cop i volta els seus rostres eteris es van endurir i l'intercanvi de mirades anunciava tempesta i tramuntana, i qui sap si fins i tot una rissaga com la que any sí i any també inundava primer i buidava tot seguit el port natural de Ciutadella. El duel semblava inevitable.

–Em sembla que és hora d'anar-me'n a dormir –va dir en Lluís en un intent d'evitar trobar-se en mig d'un temporal, com si fos un pescador que deixés la barca amarrada en lloc d'aventurar-se a navegar en una mar embogida.

–Ni ho somiïs –va replicar en Parmentier.

–No el pots obligar a continuar sent testimoni de les nostres disputes. A més, si ell decidís acabar amb tot plegat nosaltres no ho podríem evitar.

Les darreres paraules de l'avantpassat van produir un efecte de llampec al jove. *«Si ell volgués podria posar punt i final a aquella estranya situació?»* Va intentar reflexionar sobre el que acabava d'escoltar, però no ho va poder fer per la immediatesa amb la qual el francès va respondre.

–És que és possible que et desdiguis, tot just ara, després de tant de temps esperant aquest moment? Si ho fas, Lawrence, mai no podrem descansar i creu-me, ja n'estic fart, d'ésser una ànima que ni té cel, ni té infern, ni té destí!

–És que no em trobo en la mateixa situació? Recorda que vas ser tu qui quan ens vam trobar vas reclamar el sabre!

–Justícia! Vaig reclamar justícia!

Aquells uniformes s'havien apropat tant que, d'haver-hi cossos físics al seu interior, els nassos haurien fregat. De cop i volta, una màniga –la que presumptament vestia l'únic braç del Sir–, va bufetejar la silueta del rostre del francès i aquest va respondre de la mateixa manera.

–D'acord, doncs, hem vingut a fer el duel que no vam poder fer en vida –va dir amb orgull però amb gest decebut l'avantpassat d'en Lluís.

–Ell ha d'acceptar les condicions –va ser la rèplica del francès assenyalant el noi.

–Porta la meva sang i et dono la meva paraula que si perdo tindràs el trofeu desitjat!

–Ha! Vols que em refiï de la teva paraula? Precisament per ser descendent teu, no hi confio gens ni mica si no és ell mateix qui, pel seu honor, em dona la seva paraula!

Els dos fantasmes van mirar cap a en Lluís.

–És una mica decebedor que sigueu dos fantasmes... Esteu torrats!

–*Garçon*, m'has de donar la teva paraula que si resulto guanyador del duel, em lliuraràs el sabre del teu avantpassat! El que llueix al quadre que no penso tornar si aquest assumpte no se soluciona.

–Ara sí que estic segur que esteu tocats de l'ala. Com voleu fer un duel si sou... sou eteris, i les vostres siluetes semblen... vaporoses! No us podeu ferir!

–No t'ho creguis pas. De la mateixa manera que aquest foc no crema però fa desaparèixer qualsevol cosa que se li llenci, ens podem ferir –va afirmar en Parmentier.

–No m'ho crec! –va insistir el noi.

–Ara t'ho creuràs! –va respondre en Parmentier.

El francès va apartar una manta que romania al terra cobrint dos sabres amb les fulles força brillants. Un el va llançar cap al seu rival i l'altre el va empunyar per tot seguit moure'l cap a la mà lliure d'on va sorgir un líquid groguenc.

–Quan estàvem vius aquest líquid era vermell, sang, ara, ja ho veus, té aquest aspecte d'ou podrit, però no hi podem fer res, els esperits, o fantasmes, tenim aquesta merda de sang.

En Lluís, impressionat, va empassar-se la saliva.

–I si no et dono la meva paraula? –va dir en Lluís.

–Vindré a per tu o els teus hereus!

–De veritat, tot això és necessari? –va encertar a preguntar el noi. En Llorenç només té un braç i...

–Que vulguis els meus sabres és discutible, però que amenacis en Lluís o els seus hereus no t'ho puc permetre!

Un crit d'atac va ressonar dins la cova. Sir Lawrence havia descarregat un cop cap a l'oponent que malgrat tot no el va agafar de sorpresa. Tot seguit els uniformes semblaven interpretar una dansa. Els sabres xocaven i xocaven provocant un soroll que, de no haver estat d'una baralla, fins i tot podia resultar agradable. Era com una simfonia on els metalls n'eren els solistes.

En Lluís va contemplar com, cop rere cop, amb les ombres dels uniformes projectades per un foc que no cremava però capaç de fondre una pedra, amb crits ferotges, amb avantatge ara per l'un ara per l'altre, les dues figures es convertien en una mena de ballarins interpretant la dansa més antiga de totes: la de la mort. Per uns instants, el jove es va sentir aterrit, però aviat el temor es va convertir en incredulitat i es preguntava com era possible que ni morts aquells personatges poguessin oblidar rancúnies que ell considerava absurdes.

La màniga buida del Sir va volar pels aires per acabar al terra.

–Sort que ja t'havia tallat el braç fa segles o ara l'hauries perdut!! –va riure en Parmentier.

–Millor que no riguis tant i guardis les forces per aturar aquest cop! –va ser la resposta d'en Lawrence.

Per moments semblava que el francès estava a punt de decidir el combat al seu favor, però sense solució de continuïtat, la truita es girava i era el seu rival qui dominava la situació. Fins i tot es podia pensar que cap dels dos volia posar fi a la lluita de manera violenta, com si ambdós creguessin que no era just derrotar definitivament el rival. Semblaven esportistes patint amb l'esforç i també gaudint pel mateix motiu. No es veia la fi de la lluita.

En veure clarejar per la boca de la cova, en Lluís va decidir allunyar-se d'aquella bogeria, i tot i que cap dels dos combatents el podien escoltar, estant com estaven descarregant o aturant cops dels acers, va exclamar molt enfurismat: «Ja us ho fareu, però em sembla que si tenim el sabre, el llançaré a la mar i mai més el trobareu.»

16

Un altre embolic

Intentant no fer soroll i després de mirar la Clàudia sense poder evitar un sospir, en Lluís va estirar-se damunt del sac de dormir. S'acomodava quan la mà d'ella li va tocar el genoll.

–Ets somnàmbul? –li va preguntar ella en veu baixa.

–Psst –va fer ell.

–Fa estona que has sortit i tornes quan ja és de dia.

–No ho diguis a ningú, si us plau.

–Em sembla que em deus una explicació...

En Lluís va quedar paralitzat uns segons. I si ella l'hagués seguit?

–Ho teníeu molt callat.

–Què vols dir?

–No soc beneita, Lluís.

–Despertarem els altres –va dir ell intentant no continuar la conversa, ja que creia que la Clàudia sabia alguna cosa referent a l'experiència que havia viscut.

–No som els únics que estem desperts, prou que ho saps. Som amics, oi? Doncs deixa't de romanços.

–He sortit perquè em feia mal la panxa –va mentir ell.

–Sí, i avui és trenta de febrer! –va dir amb ironia–. Què en sabeu els homes, del mal de panxa? Tinc els ovaris que sembla que estiguin lluitant entre ells... Això sí que és «un mal de panxa».

–Els ovaris?

–Has sentit parlar de la regla, Lluís?

–Per què em parles amb aquest to? Què t'he fet?

–Vine!

La Clàudia es va posar dempeus i va sortir de la cova seguida d'en Lluís. Es van allunyar una mica per poder parlar sense molestar la resta. Per un instant, la mirada d'en Lluís es va dirigir cap a la cova, però immediatament va centrar-se en la Clàudia.

–Què penses que dirà la teva noieta? Segur que ens ha vist sortir! Jo, abans, també us he vist sortir. Ho feu molt bé. Primer has sortit tu i uns minuts després ho ha fet ella. Després, ella ha tornat i als deu minuts, com si fossis un fantasma, has aparegut. Us heu morrejat, li has llegit un poema o les dues coses?

–Clàudia... Què t'empatolles?

–Has estat més de dues hores prenent la fresca, per dir-ho així, amb l'Afrah. Ho negues?

D'una banda, en Lluís es va sentir alleujat, però només per moments, fins que va entendre que la Clàudia estava molt enfurismada pensant que ell estava enamorat d'una altra noia. Malgrat tot, no va poder evitar un somriure.

–Te'n fots? –va preguntar ella.

–No he estat amb l'Afrah.

–No m'importa si has estat amb l'Afrah, i si m'importa, és cosa meva. Em fot que ho porteu d'amagat! Si a mi m'agrada o em cau bé un noi, t'ho dic!

–Et refereixes al veí?

–No amago que m'agrada.

El sol ja havia superat l'horitzó i la mar recuperava el ventall de blaus que anaven del marí a la transparència més absoluta. Alguns peixos semblaven divertir-se saltant fora de l'aigua. Entre els joves s'havia produït un silenci.

–Bon dia, matiners! –va saludar en Xisco abans de fer un badall llarguíssim–. Quan tots estiguin ben desperts haurem de tenir una xerrada. Aquesta nit hi ha hagut massa moviment.

La Clàudia va mirar cap a en Lluís però en Xisco va continuar parlant després de saludar el dia estirant i obrint els braços i fent un crit mig ofegat.

–Hi ha coses que haig d'evitar i tampoc vull ser un policia. Prefereixo que tots sigueu responsables, vosaltres ho sou, en canvi l'Afrah i l'Albert...

–L'Albert? –va preguntar la Clàudia.

–No és la primera vegada que em trobo amb situacions com aquesta, que fins i tot les entenc. Però soc un dels responsables del grup i segur que m'enteneu si demano que les hormones en facin de les seves quan estiguin de tornada a la península. Vaig a cabussar-me i a nedar deu minuts per despertar-me del tot. Veniu?

–Massa aviat, després –va dir ella.

–Queda't amb la Clàudia, Lluís, em sembla que us he interromput... Ah, l'amor!

–Xisco! –va protestar la Clàudia.

–D'acord, d'acord, no he dit res, no he dit res –va dir en Xisco mentre baixava cap a la platja.

La Clàudia va seure damunt d'una roca amb la mirada fixa cap a la mar.

–D'acord, ho sento, no cal que em diguis res, m'he equivocat, he deixat anar la imaginació, creia que l'Afrah i tu, ja saps... La mare diu que quan tinc la regla és normal que estigui una mica agressiva, però aquestes coses mai no les he cregudes, pensava que eren històries de les àvies... Com el tòpic de dir frases fetes com «quina sort teniu els homes»... La teniu, sí... Però en canvi no podeu parir, que segurament fa mal, però que ha de ser meravellós... O això es diu... No penses dir res, o què? No veus que estic avergonyida i humiliada?

En Lluís va seure's al seu costat. El cor li dictava que l'abracés, que li fes un petó, però un temor el frenava.

–De veritat t'agrada?

Ella el va mirar com indignada.

–Què dius?

–Ho has dit... Has dit que t'agrada el veí.

Tot d'una la Clàudia el va mirar molt decebuda.

–Ara em surts amb això? Estic feta pols per tot el que he pensat i t'he dit, gairebé m'estic agenollant demanant perdó i l'únic que ets capaç de dir és si m'agrada el veí? Doncs mira, mira i escolta, potser sí, que els tòpics tenen raó i encara que sigui un tòpic, quina poca sensibilitat teniu els homes!

La Clàudia es va aixecar i com si la perseguís un eixam d'abelles va tornar a la cova, deixant en Lluís més atemorit que un gelat dins d'un forn.

17

Ciutadella

Van anar a Ciutadella després de visitar la Naveta des Tudons i fer un munt de fotografies amb les quals tots volien ser reconeguts pels seus propis companys assolint l'honor d'obtenir-ne la millor.

La idea dels tutors era intentar que alguns dels alumnes descobrissin que dins d'ells hi podia haver un artista, un dissenyador, un fotògraf que despuntés. Com va dir en Xisco en conversa amb la Isa a l'autocar, «els preguntes què volen ser de majors, i malgrat que es passen el dia disparant la càmera, ningú no diu *fotògraf*». La reflexió va provocar la resposta d'una alumna que l'escoltava: «Xisco, també mengem cada dia i que jo sàpiga ningú de la classe no vol ser cuinera, i si algú ho vol ser, no és conseqüència de cruspir-se cada dia l'esmorzar, el dinar, el berenar o el sopar, ho vol ser tal vegada per mirar alguns programes d'aquests que fan a la tele». Davant d'aquesta resposta, en Xisco va alçar les celles i les espatlles. Malgrat tot, el concurs a la millor fotografia es va convertir en tota una competició, i Ciutadella va inspirar, i de quina manera, el grup. Després, van anar a banyar-se a Cala Macarella.

Tot i participar en les activitats, aquest dia en Lluís semblava com absent. La Clàudia creia que el seu amic estava enfadat per com van anar les coses al matí, abans de marxar, i tot i que no li girava la cara tampoc es volia «rebaixar» –segons entenia ella– a apropar-se de la manera més habitual.

Però la Clàudia s'equivocava. En Lluís no estava enfadat. Havia de prendre una decisió. Estava inquiet i desitjava arribar al punt i final d'una història inversemblant. Volia que es fes fosc, necessitava que aquell dia el sol tingués pressa per deixar pas a la nit.

18

Dos fantasmes esgotats

En Lluís va dir-li a en Xisco que si al llarg de la nit veia que sortia de la tenda, no es preocupés: «M'agrada veure les estrelles i ja saps que Menorca és un lloc molt especial per a mi.» «Però no t'allunyis que podries ensopegar amb una roca i prendre mal» –li va demanar el tutor.

Quan el noi va sortir de la tenda amb una lot i portant a l'altra mà un objecte que premia amb delicadesa, va mirar cap a la cova de la qual havia marxat deixant el Sir i en Parmentier lluitant. La llum del foc que no cremava permetia veure ombres que semblaven dibuixos a les parets de pedra i terra. Amb molta prudència i també amb molta decisió, va caminar cap aquell lloc i en arribar-hi es va aturar tot just a l'entrada per observar el que succeïa a l'interior.

Res no havia canviat, excepte l'aspecte dels combatents. Els sabres encara ballaven una dansa gairebé màgica mentre els uniformes ja no mereixien el seu nom, doncs estaven estripats pels fils de les armes. Del coll del francès i del tors de l'avantpassat sortia el líquid groguenc. Les ferides, però, no semblaven gaire greus. Per moments, els combatents se separaven uns metres i semblaven recuperar forces per tornar a enlairar els sabres i continuar el duel. Ambdós ataca-

ven amb cops fortíssims que finalment van provocar que els respectius sabres volessin per l'aire i caiguessin a terra sorollosament. El foc semblava revifar per moments però a l'instant les flames es reduïen al mínim. Els combatents es miraven esgotats i van caure a terra amb la respiració ofegada.

Semblaven penedir-se de la lluita que no els conduïa a res. En Parmentier va oferir la mà al seu rival. Sir Lawrence Arguimbau va acceptar l'encaixada. No sense dificultats, es van posar dempeus i es van abraçar.

En Lluís va fer un sospir i tot seguit un somriure d'alleujament es va dibuixar al seu rostre. Tot seguit va seure damunt una roca i com si el que tingués a les mans fos un objecte trencadís, el va deixar damunt les cames mentre aquells personatges continuaven ben vius al seu cap.

–Saps, boi? –va dir el militar menorquí–. Només tu pots aturar aquest duel. I ho hauràs de fer abans que el foc s'apagui, atès que si les flames deixen d'il·luminar la cova sense que en Parmentier i jo hàgim solucionat les diferències, nosaltres tornarem al lloc d'on venim i aquesta vegada serà per sempre més, i les nostres ànimes mai no gaudiran del descans etern.

–Heu volgut solucionar el conflicte com ho hauríeu fet segles enrere... A cops de sabre. No heu après res després de tant de temps? Tant se val el sabre com a trofeu, el quadre, la història, la glòria i l'orgull.

–Sembla que el *garçon* ho ha entès –va dir amb un rictus d'esperança en Parmentier.

–Llavors, boi, ja has pres una decisió? –va preguntar el Sir.

–Sí. M'ha agradat molt llegir aquest llibre que vaig trobar entre les coses del pare. M'ha fet entendre que és molt important saber la història, conèixer el que va passar en altres èpoques, tot i que segueixo sense entendre el perquè de les guerres.

–Però tot això del foc que no crema, de la nostra disputa més enllà de la vida pel sabre, de les converses amb tu... Quina imaginació, boi! Res d'això està escrit al llibre!

–I el quadre! Com és que has fet que jo tingués el quadre? –va preguntar en Parmentier.

–Sembla que l'han retirat temporalment de la galeria de personatges il·lustres i suposo que ho he aprofitat per embolicar més la troca! –va dir el jove.

–Així, doncs, crec que hem de romandre una altra vegada al lloc on ens vas trobar.

–Torneu a...

–D'on venim –van exclamar a l'unísón els dos militars amb satisfacció.

–Sí, heu de tornar a les pàgines del llibre tot i que... Tot i que em sembla que mai no us oblidaré i d'alguna manera seguireu vius.

–Abans de marxar per sempre, deixa que et recomani un llibre, *garçon*.

–A veure què li recomanes al meu boi.

–Hi ha lectures molt interessants de quan els francesos vam anar a Egipte. Gràcies a Napoleó els faraons van poder recobrar la seva història.

–Nosaltres també vam contribuir a recuperar la història de les piràmides –va replicar el menorquí.

Discutint com vells amics, esgotats però somrients, les figures fantasmagòriques es van apropar al foc que poc després es va apagar al mateix temps que ells desapareixien. En Lluís es va sorprendre agradablement en comprovar com, tot i tenir el llibre ja tancat, Sir Llawrence i en Parmentier continuaven provocant-li converses imaginàries.

19

Una fantasia ben real

Anava a sortir de la cova quan va advertir una presència molt real.

–Així que el que fas quan surts de la tenda és llegir –li va dir la Clàudia.

Ell la va mirar amb tendresa.

Ella va seure al costat del noi i li va agafar la mà.

–Ja veig que no ets somnàmbul –va dir amb un somriure molt dolç–. Més aviat, sembles un fantasma.

–Vols que te'n parli, de fantasmes?

–Si vols fer-me por amb aquestes coses t'adverteixo que no ho aconseguiràs. Què estàs llegint? –va dir agafant el llibre encuriosida.

–Ja l'he acabat. És un llibre sobre un avantpassat de la família per part del pare.

–Sir Lawrence Arguimbau! –va exclamar la noia llegint el títol i amb un crit de sorpresa.

–El vaig trobar en una capsa de cartró amb d'altres llibres del pare. Es va escriure fa molts anys, com pots veure pel seu estat. Ni hi consta el nom de l'autor.

–I aquest individu què va fer?

El noi va fer una bufada.

–Va participar en moltes guerres, la de Waterloo, la del Francès, la d'Egipte... Lluitava amb l'exèrcit britànic quan Menorca estava sota el domini dels anglesos, és clar.

Ella es va quedar pensativa.

–No t'agraden les guerres, oi? –va preguntar ell.

–Gens ni mica.

–A mi tampoc.

–Em recomanaries llegir aquest llibre?

–No exactament... Però m'ha agradat descobrir coses que van passar fa uns dos-cents anys. No com van passar, amb guerres i tot això, però sí saber una mica d'història... No sé si m'entens...

–Crec que t'entenc, sí. Va bé saber història, sí. Tot i que també diuen que els errors de la humanitat sempre es repeteixen, com les guerres.

–Et dic una cosa?

–És un secret?

–Ho serà fins que t'ho digui...

–M'encantarà compartir el teu secret.

–Mentre he anat llegint el llibre... la meva imaginació s'ha disparat i... he parlat amb els personatges del llibre i fins i tot... –mig avergonyit va abaixar la mirada– he compartit aventures amb ells.

Ella va fer un somriure semblant al quart creixent de la Lluna.

–M'has tret un pes del damunt...

Ell la va mirar expectant.

–També em passa quan llegeixo un bon llibre... És com si els personatges i jo tinguéssim lligams i compartíssim les seves històries... De vegades ric amb ells, d'altres ploro... És com la vida, oi? Veus gent feliç i t'encomanen la seva felicitat, o veus gent patint i acabes plorant.

Sense adonar-se'n, com si fos una energia màgica que sorgís d'un foc màgic, els seus llavis es van trobar.

20

Un camí que començava

–Anem Lluís, que ja saps el que ens ha dit en Xisco sobre sortir de nit en pla parelleta... I no et facis il·lusions –li va dir mirant-lo als ulls.

–Il·lusions? M'acabes de fer un petó i em surts amb això?

–No t'he fet un petó, ens hem fet un petó, que és diferent. Escolta'm Lluís, som molt joves i estic segura que m'enamoraré més vegades –va afirmar ella fent una rialla.

En Lluís va estar a punt d'enfonsar-se en un món de desolació absoluta, però se'n va sortir per prendre la iniciativa que li va semblar més raonable.

–Tens raó –va deixar anar disfressat d'alumne llest que deixa anar una bomba com si res.

Sorpresa per la reacció del noi, la Clàudia es va mig enfurismar.

–Que tinc raó?!

–Probablement.

–Ni ho somiïs! Què significa que tinc raó? Et faig un petó de pel·lícula i em dius que tinc raó?

–Ens enamorarem més vegades, Clàudia –va insistir ell com si fos més fred que una glacera.

–Jo segur! Però et prohibeixo que tu també! Ets un bandarra –li va dir al mateix temps que el colpe-

java al braç–. Tu sempre em recordaràs com diuen que es recorda el primer amor. Aquest instant quedarà arxivat per sempre al teu cervell i mai no l'oblidaràs. D'aquí uns anys, estaràs assegut en un sofà envoltat de fills i et quedaràs penjat, absent, i quan la teva dona et pregunti què et passa li diràs «no res», però sí que et passarà, m'estaràs recordant!

Ell es va aturar, cosa que va provocar que ella també ho fes. Es van mirar.

–I tu, estimada, no em recordaràs pel mateix motiu?

–No –va respondre ella contundentment–. Em conec molt bé. Fa una estona m'agradava el veí i si ell hagués intentat fer-me un petó jo... No li hauria dit que no.

–Ja.

–Què vol dir «ja»?

–Si t'agradava ho puc entendre.

–Molt bé, és a dir, si ara t'agrada una noia i ella et vol fer un petó, et deixaries petonejar. Mira, entre la colla hi ha noies ben maques. Què fas aquí amb mi?

En Lluís la va mirar com sempre ho havia fet, amb els ulls delators del seu sentiment.

–Has dit que et coneixes molt bé. Jo també em conec molt bé. T'estimo.

Tot i voler mostrar-se enfurismada, un somriure discret es va dibuixar al rostre de la Clàudia.

–Fa temps que jo també t'estimo, Lluís.

Aquella confessió va provocar al noi una alegria i un entusiasme indescriptibles, com mai abans no havia experimentat, i va apropar-se a ella per fer-li un petó.

–Un moment, que no soc una tauleta de xocolata que n'agafes un bocí i no pots deixar d'agafar-ne més i més... Soc molt jove i tot i que sabia que t'estimava em feia ràbia... No volia enamorar-me! Però ets tan...

Amb la mirada, ella li va dir tot el que en Lluís volia escoltar. Els seus llavis es van trobar i després es van abraçar molt fort.

–Lluís...

–Ja ho sé, no vols que em faci il·lusions...

–Ho intentarem, oi? Vull dir... Intentarem que el nostre sigui un amor per a tota la vida...

–Amb totes les forces...

–Com puc dir coses així? «Per a tota la vida»...

–Deus estar il·lusionada...

Ella va somriure.

–Com mai no ho he estat... És clar, com és la primera vegada que m'enamoro puc dir «com mai no ho he estat».

Índex

Miquel Arguimbau

Autor

Va néixer a Barcelona el 1950. Com a guionista, escriptor i periodista ha creat tota mena de programes per a la ràdio i la televisió, i ha col·laborat en revistes de còmic i en publicitat.

És autor dels llibres *Memòries de Radio Juventud. La ràdio "Al mil por mil"*, publicat pel Col·legi de Periodistes de Catalunya; *L'estàtua sense rostre; L'herència congelada*, escrita a quatre mans amb Dani Arguimbau, un dels seus fills; *Doctor, el nostre fill llegeix. És greu?; El robo de la máscara*; *L'amic de Salvador Dalí*; i *Estimat Leo*, Premi Guillem Cifre de Colonya 2016 –també escrita amb el Daniel Arguimbau.

Aquí s'acaba aquest llibre
escrit, il·lustrat, dissenyat, editat i imprès
per persones que estimen els llibres.
Aquí s'acaba aquest llibre que tu has llegit,
el llibre que ja ets.